UNA VITA DI STELLE LIBRARY
Gruppo A.V. Italia S.r.l.
Partita iva 03624001206
COPYRIGHT FRANCESCA TERRAZZINO

EDITO 14 AGOSTO 2021, BOLOGNA

Tacite assonanze

Tacite assonanze

Questo romanzo è un'opera di fantasia.
Nomi, personaggi, luoghi e avvenimenti sono frutto
dell'immaginazione dell'autrice o usati in modo fittizio.
Ogni somiglianza a luoghi o eventi reali o a persone realmente
esistenti o esistite è non voluta e puramente casuale.


Una vita di stelle library,
Gruppo A.V. Italia S.r.l.
Partita iva 03624001206
6 agosto 2021

Tacite assonanze

# TACITE ASSONANZE

## Francesca Terrazzino

Tacite assonanze

## PREFAZIONE

Un'autrice incredibilmente sfaccettata e poliedrica, scrive romance come pulp, inquina Lansdale e crea l'eco a King ed inventa, inventa senza il pudore dello scrittore imberbe.

Vi stupirà congelando i vostri pensieri e comprenderete cos'è la paura del vostro respiro mentre leggerete queste pagine. Un concentrato di adrenalina, suspence e colpi di scena. Di quelli veri, ben dati, come gli uppercut della protagonista. Desidererete di non averlo letto, perché l'impalpabile dubbio che anche a voi, in una banale cittadina, capitino le stesse vicende, si insinuerà in voi. Strisciante, acuto, sporco, il pensiero di essere un granello di nulla contro cui il destino si accanisca. Così accade ai protagonisti di Tacite assonanze, donne in carriera divengono spiriti, campionesse del wrestling, giovani eroine vendicatrici e nulla, ma proprio nulla, è come appare, tutto si scopre e il romanzo che inizialmente sembrava un rosa hard, diviene in un battito di times new roman, un thriller ritmato dai contenuti scottanti.

Un unico consiglio, se siete ansiosi e lievemente impressionabili, passate alla solita serie di Friends e dimenticate Tacite assonanze.

Tacite assonanze

Tacite assonanze

## CAPITOLO PRIMO

"Bando ai soliti noiosi moralismi! Mi piace l'uomo con l'uccello grosso! E non fatemi arrabbiare con le vostre solite storie da bacchettone ebree... mi sfugge perché alla mia età non dovrei indossare le gonne o le scollature.

E non capisco perché non dobbiate farlo voi: dieta, parrucchiere esperto, manicure ed un bel vestito e sono certa che gli affari li chiudereste facilmente quanto me. Ora andate, vi attendo domani con il report delle vendite e che abbia un senso ascoltarvi per me."

Avevo alzato la voce, queste neolaureate fresche di studi e di biberon volevano farmi intendere che era complicato vendere il mio prodotto, complicato realizzare i prezzi di mercato ed attendersi al business plan che avevamo presentato a gennaio.

Complicato a meno che non ci si presentasse alla clientela con mise da modella, o prostituta, tradotto nella mia lingua.

Io non mi sentivo né una modella né tanto meno una prostituta ad indossare il completo di Valentino giacca pantaloni in raso. Il problema era il sotto...sotto la giacca un adorabile négligé nero in pizzo La Perla e l'esuberante biancore del mio seno, a strizzare l'occhio alle megere diafane.

Le imbarazzavo.

Ero troppo fedele alla realtà, alla verità.

Tacite assonanze

Nel mio metro di valori la verità era rappresentata dal soave profumo del glicine in fiore, rassicurante come un tunnel odoroso senza tempo, in cui proprio il tempo sostava, perdendosi.

Mi piaceva essere provocatoria e provocante. Sapevo che il mio successo era dovuto alla bellezza e alla sensualità che gli uomini bramavano possedere. Dovuto all'idea di me, alle lunghe gambe abbronzate dalle caviglie sottili come una corsia di autostrada londinese verso lo Yorkshire, colline verde prato dolcemente alternanti con le immancabili Louboutin come perversi punti interrogativi. Mi trovi attraente? Ti piaccio?

Perché nascondersi dietro sciocchi vestiti casti e coprire, quando la società smascherava il reale nostro pensiero: possedere, toccare, contare i centimetri di pelle nuda sdraiata sul bel letto di seta prima dell'amplesso.

Tutto finiva lì come un imbuto vorace o voglioso, pubblicità, pensieri, moda, commercio, valori.

Fare sesso.

Farne tanto e di buona qualità.

Io lo avevo compreso in giovane età e ne avevo fatto un'arte.

Vendevo prodotti di bellezza.

Li vendevo a tutti, attraverso ogni mezzo possibile.

Non ero una oratrice, non avevo talenti. Non mi ero laureata e la mia cultura era di media estrazione, di media e provinciale pertinenza.

Eppure ero pertinente con questo secolo perché ero bella.

Lo ero sempre stata.

Tacite assonanze

Bella e sensuale.

E gli uomini mi volevano.

Al loro fianco per vantarsi, nel letto per adularsi, e negli affari per usare proprio la mia arma.

Credo che usare la bellezza fosse davvero la mia più grande intelligenza.

Per cui forse un talento lo possedevo anche io.

Il talento della non interpretazione. La realtà mi si palesava assolutamente nella sua più veritiera essenza.

Leggevo negli occhi degli uomini la mia vittoria e ne approfittavo.

Perché pentirsi di questo?

Io ero felice e ricca.

E a quarantacinque anni potevo vantare una bella S.P.A. capitalizzata.

Commerciavo in prodotti per il corpo, il maquillage, i capelli vendevo nel mondo e forse avrei pensato di quotarmi in borsa ed aprire una Holding.

Era la socia maggioritaria e la fondatrice. Ogni decisione necessitava della mia approvazione.

Per arrivare nel mio ufficio sugli Champs Elysees a Paris avevo eccitato e sedotto, congiurato e manipolato come i migliori, Bruto, Cassio, Giuda.

Solo le persone giuste.

Quelle che mi avevano fatto diventare potente per ringraziarmi.

Tacite assonanze

Ero italiana. Arrivata a Parigi per la pubblicità del solito profumo da banco, ero stata notata subito per la carnagione ambrata, i capelli corvini e gli occhi.

Certamente capelli, occhi e seno non erano una rarità nel mondo della moda.

Ma gli occhi erano diversi.

Ti tuffavi in un liquido di mare e cielo e terre arse e salate, povere e sporche.

E dalla povertà emergevi in acque chete di rivincita e ardore, di sogni e speranze. Emergevi nel fuoco e nella grinta figlia della povertà e della desolazione.

Figlia della ripetizione degli stessi odori, degli stessi sapori che annullano le idee, azzerano le opportunità.

Eppure la sua chance era lì. Nel blu degli occhi. Nel nero dei capelli. Nel profumo della pelle abbronzata e salata dal sudore e dal caldo torrido della sua Italia.

E da quel vago odore di agrumi che ti accoglieva nei campi sassosi.

Dall'amore che la portava sempre alla sua terra.

Mi chiamavo Anna. Mi piaceva pronunciarlo sempre in Italiano, strascicando le consonanti per allungare il nome palindromo, troncandolo subitamente come su un'altura a picco nelle acque bizzose delle coste pugliesi. Anna e via un tuffo carpiato da una altura di media altezza, i sassi tra le dita dei piedi che volano nell'aria gettati dall'impeto del volo mentre si spicca il salto raggomitolati braccia e gambe. Il mondo voltato e voltato ancora, cielo e mare, mare e cielo e

Tacite assonanze

poi Anna fende l'acqua salata e schiumosa e fresca ed accogliente e tutta la prende dentro di sé per poi restituirla con una lunga boccata d'aria ristoratrice e benefica.

Anna, come lo dicono i paesani, a voce alta, chiamando la bella donna ed invitandola a voltarsi sulle vie strette, camminando sui ciottoli del paesello con le gonne svolazzanti e le gambe abbronzate, lisce ed invitanti.

Era rimasta sola nella sala riunioni, fissai la vetrata, fuori pioveva. A Parigi il tempo non era mite.

Bussarono.

Forza entrate, sono pronta al secondo round.

"Anna, dobbiamo affrontare l'argomento della cessione alla Art Defender S.P.A. delle quote maggioritarie della Cosmic Corporation. È un affare vantaggioso, voglio prospettarti i benefici, hai l'incontro con l'amministratore delegato della Art giovedì a Londra. Ti devi preparare."

Art Defender, me ne ero scordata, avrei dovuto prendere una decisione. A parlare sommessamente era stato il mio contabile, il mastro contabile, colui che aveva in mano ogni mio conto bancario anche off shore, la persona di cui mi fidavo maggiormente. Un ometto calvo e occhialuto come ogni contabile trasparente si abbia nell'immaginario comune, presente, di memoria elefantina, arguto e paziente quanto tozzo e di andatura precaria.

Come si sentisse stabile davanti solo ai suoi conteggi ed alla loro realizzazione.

Tacite assonanze

Lo guardai, si imporporò, come una adolescente pudica.

Mi sognava? Mi immaginava?

Inglese di nascita, francese di professione e mio per tutto il resto.

"Leonard… si dai fammi vedere." con lui parlavo in inglese, un inglese rivisitato dal marcato accento italiano, ma che agli stessi inglesi piaceva perché aveva il sapore dell'esotico.

Si avvicinò traballante con il suo portatile tra le mani, come un infante piagnucolante.

Attaccò laboriosamente il pc alla lime e fece partire lo slide show.

Non mi interessava. Avevo voglia di un uomo. Di un uomo focoso nello specifico, focoso come un italiano.

"Come vedi rientreremmo di una somma importante, stiamo parlando di 10 milioni di euro, con una esposizione iniziale di 500.000 mila euro ed il raggiungimento in 6 mesi."

"Gli diamo il 51% della mia prima società, fatturiamo moltissimo in cosmetici, quest'anno abbiamo incrementato del 3% senza costi aggiunti." Replicai.

"Non sei convinta." Era evidentemente una constatazione.

No, non ero convinta, creare la mia prima società mi era costato prostituirmi abbondantemente con uno dei più ricchi finanziatori della Cosmetic Corporation, per ottenere il denaro senza interessi, il denaro che mi aveva permesso di cominciare.

Mi aveva voluta umiliare e legare e percuotere con una specie di scudiscio sulla pelle nuda. E sorridendo avevo dovuto ingoiare i suoi umori ed il suo seme disgustoso.

Tacite assonanze


Sì. Mi seccava alquanto.

Aveva la sgradevole abitudine di strizzarmi il seno destro. Lo toccai ora, per sincerarmi che fosse rimasto come un soldatino impavido al suo posto. Caro, hai fatto il tuo lavoro stoicamente. Il pervertito aveva sganciato alla fine 5 milioni di euro infruttiferi e a puro merito di donazione alla persona di me stessa.

Mai restituiti.

Nessuna carta firmata.

Cedere ora il 51% di quello che reputo il miglior affare che avrei mai potuto concepire da viva ed in situazione di veglia, mi seccava.

Certo mi pagavano solo per la metà delle quote il doppio di quello che mi era occorso per crearla.

In seguito il poverino era venuto ad implorare il mio amore... amore!?

Pensava davvero che godessi appesa come un salame al baldacchino del suo letto in Svizzera?

E mai aveva immaginato che i miei godimenti fossero artefatti, perché era un uomo pensato per sé stesso e farcito con il suo ego.

Quanti anni erano trascorsi? Quattro forse quasi cinque anni.

"Anna, con quel denaro possiamo potenziare le altre derivate e farle crescere."

"Leonard, tu lo sai io non sono una donna colta, ma ho imparato che chi arriva primo ottiene tutti i benefici dal mercato. Le altre società anche se investiamo rimarranno sempre meno fruttuose perché sono arrivate dopo. Immagina la Coca Cola, non è che la Pepsi sia meno buona. È solo arrivata per seconda."

Tacite assonanze


"Anna ma cosa dici, il tempo nei grafici è chiaro, guarda, nel giro di 2 anni se potenzi la logistica e la pubblicità online, arrivi agli stessi risultati della prima Corporate anche con le sorelle."

"No. Gli cederemo il 49%. Per un minor costo, s'intende. Avverti l'amministratore delegato che andrò io stessa a concordare il trapasso. Ma i poteri di firma rimarranno sempre a me."

"Potrebbero non accettare. E guardarsi attorno per società che si stanno imponendo sullo stesso mercato prepotentemente pari a noi."

"Accetteranno." Sarebbe passata ad iniettarsi qualche cc di botulino. Si toccò le labbra. Bene. Erano sempre piene, ma poteva fare una pulizia all'acido glicolico ed un massaggio drenante.

"Lo so a cosa stai pensando. Ti conosco da molti anni. E sei bellissima, sempre." Si imporporò nuovamente e fece una piccola pausa, pudica.

"Ma potresti non ottenere il consenso del Consiglio della Art."

"Perché mai? Ti sembro un tantino invecchiata?"

"No appunto, sei bellissima." Deglutì.

"Su non farla lunga, cosa c'è?" ero sorpresa.

"L'Amministratore delegato è un inglese metodico, morigerato ed intransigente. Noto per il suo moralismo."

"Quindi? Qual è il problema? È un gay?"

Sinceramente aveva imparato che anche i gay potevano apprezzare di guardare ...

Non c'erano vincoli alla sessualità se unita alle capacità di percepire l'altro.

Tutti desiderano.

Tacite assonanze

Capire cosa era l'arte.

"No no. Non credo almeno, di lui non ho notizie in tal senso. È solo un inglese vero, di scuola luterana."

"Cosa vuol dire? Non scopano gli inglesi?" Scelsi appositamente di essere volgare, mi divertivo a notare il suo imbarazzo.

"Anna! Ma cosa dici? Naturale che abbia dei rapporti di letto. Ma non di affari e di letto. E poi è un nobile inglese, un duca, legato alla discendenza dei cugini della Regina Elisabetta. Lo so che per te non vuol dire granché, ma gli inglesi sono molto legati alla corona e alle loro manifestazioni di onore."

"Non ti seguo, non voglio mica trasformare l'Inghilterra in una Repubblica, che gli isolani credano e votino quello che più gli aggrada! Io voglio solo cedere il 49% e non il 51% della mia società. Se il Lord collabora bene, altrimenti un calcio nel culo!"

"Ti infuochi subito... è la tua peculiarità." Sospirò. Mi amava. Mi perdonava.

"Lo sai che sono superstiziosa. Vendere il 51% equivale a vendere la società, ed è la prima che abbiamo costituito. Non vorrei portasse male. Questo qui, questo Lord, se ne farà una ragione."

"Io credo che l'Inghilterra non sia pronta al tuo sbarco."

Ci guardammo negli occhi e scoppiammo a ridere insieme.

"Prenotami un volo. Voglio arrivare un giorno prima ed un appuntamento informale con questo ometto. Ma prima il coiffeur e un giorno intero per farmi bella... massaggi eccetera, contatta il mio chirurgo."

Tacite assonanze


"Ma non hai bisogno di nulla...sei semplicemente bellissima."

"Ho bisogno, ho bisogno ... come tutte le donne belle di gratificarmi della mia immagine riflessa."

Annuì e si allontanò mesto.

Sapeva che avrei scopato l'amministratore delegato e forse tutto il consiglio della Art Defender Spa.




"Non ho compreso bene..." ero appena approdata nella mia suite solita nella city a Piccadilly Circus.

"Mister Hoffman ha fatto arrivare per lei un gradevole messaggio che abbiamo lasciato nella sua suite. Si è premunito che lei fosse avvertita immediatamente." La concierge era estremamente diligente.

"Perfetto mi faccia accompagnare nella mia stanza. Desidero riposare, non passi le chiamate." I tacchi mi facevano male, l'aereo aveva portato 40 minuti di ritardo, l'autista della limousine si era perso e non l'aveva riconosciuta e ancora pioveva.

Desiderava il sole caldo sulla pelle. Anche il sole di settembre, quello che non ti arde ma solo ti riscalda benevolmente penetrando la carne e rinvigorendo le ossa.

Sentivo l'umido addosso. Il plumbeo, freddo marmo della solitudine.

"Alfred le mostrerà le sue stanze. Buon soggiorno Miss Sevaldoni."

Tacite assonanze

Le aprirono le porte della suite, sempre bella, al piano alto, arredata di beige, soffice nei tappeti, confortevole nelle poltrone, spaziosa e fresca nel letto.

Al centro della stanza un bel tavolino di vetro interamente coperto con un mazzo enorme di rose bianche virginee.

Mi avvicinai. Un regalo, naturalmente.

Di Mr. Hoffman, evidentemente.

Gli uomini regalano per possedere.

Le donne accettano, fingendo di non accorgersene.

Aprì l'elaborato biglietto in cartoncino opaco con ghirigori barocchi agli angoli.

Pessimo gusto, troppo impegno.

"Devo declinare il nostro appuntamento anticipato. L'attendo invece al giorno prefissato dal Consiglio con le sue migliori intenzioni per noi. M.H."

Mi bidonava.

Era evidentemente terrorizzato all'idea che lo facessi deviare dai suoi propositi.

Presi il cellulare, scorsi rapidamente l'agenda, a Londra, Peter leccava la figa come pochi altri. Andava bene, per togliermi il fastidio di quei fiori fasulli.

## CAPITOLO SECONDO

L'acqua rinvigoriva i miei muscoli intorpiditi, fresca, corroborante, scorreva fluida con allegri borbottii sulla pelle.

Con Peter aveva goduto intensamente, l'orgasmo era ancora dentro di lei.

Dolcemente.

L'aveva presa con impegno e passione, per non farle dimenticare il suo piacere devoto, languido Peter, biondo di capelli e con la pelle quasi trasparente ma due occhi azzurro chiarissimi che sembrava di osservare un acquerello sbiadito.

E con tanto fervore nei suoi confronti, tanta inguaribile confortante sottomissione.

Fissai le lenzuola stropicciate del grande letto a due piazze.

Mi spiaceva alquanto coricarmi ancora dove avevo consumato i miei orgasmi.

Gli umori stonavano al mio desiderio di pulizia ed ordine.

Era come scappare e poi tornare. Ma con il castello in ordine.

Presi il telefono e chiesi un'auto e che mi rifacessero la stanza.

Quale cilindrata Miss?

Una cilindrata comoda.

Desidera l'autista.

No.

15 minuti Miss e sarebbe stata pronta per lei una comoda Smart con il cambio automatico e la guida a destra.

Tacite assonanze

L'addebito direttamente sulla sua stanza.

Evidentemente.

Indossai della biancheria di raso bianca, un maglioncino a collo alto rosa e dei jeans attillati. Degli stivali al ginocchio di coccodrillo perché non si fraintendesse la natura della cacciatrice.

Pioveva.

La Smart che mi attendeva era rosa fluo, deliziosa, mi complimentai con la concierge, mi aveva interpretata senza esitare.

Arrossii, ti piacevo vero?

Che meraviglia sentirsi una calamita di sensuale desiderio.

Entrai nell'abitacolo, l'auto odorava di gomma e plastica, vagamente di deodorante per auto all'arancia, nel complesso estremamente gradevole.

Da sempre il profumo delle auto nuove era gradevole per lei, simpatico come un nuovo amore.

Impostò sul navigatore Brighton, era distante, vero, ma il lungo ponte di legno del porto era da sempre una delle sue mete preferite. Le baracchine cariche di dolciumi e giochi, di sapori e novità, novità come opportunità, di colpire l'orsetto e portare a casa un bacetto. Il bacetto della bella di turno, della ragazza più ghiotta, dell'amica che sogni di notte.

E passeggiare anche con il vento carico di pioggia sul pontile invecchiato, era gradevole e familiare per l'aria salmastra che feriva le narici, fredda e salata come l'inverno nella sua terra.

Tacite assonanze


Poteva beneficiare di un lungo week end solitario, l'orgasmo appena ottenuto le sarebbe durato almeno due giorni, prima di sentir montare il familiare languore.

Voleva cambiare, Peter già l'annoiava.

Sarebbe stata pronta per il Consiglio della Art Defender, il lunedì successivo.

Spense il telefono.

Silenzio.

Solitudine.

Spinse l'acceleratore.

Avrebbe voluto trovare tutto in un uomo, forse non era più possibile.

Forse era probabile trovare qualcosa in ogni uomo e accontentarsi del puzzle, renderlo gradevole e confortevole e proseguire.

La guida a destra era davvero complicata, forse sarebbe stato meglio rallentare.

Ma la pioggerella lieve la indispettiva.

Si sentiva invincibile.

Bella eccessiva e potente.

E gli stivali di coccodrillo, la musica rock rombante, contraltare con il rumore di pistoni e bielle che pompavano potenza al motore.

Era impossibile rallentare la corsa della sua vita.

Egocentrica, assoluta o dissoluta padrona di un piccolo impero cosmetico.

Tacite assonanze

Si accarezzò un seno, era gonfio e turgido di eccitazione, abbassò i finestrini e l'aria acuta le sferzò il viso, muovendo impazzite le ciocche nere dei capelli.

Gocce di umidità invasero l'abitacolo.

I tergicristalli cominciarono a muoversi celermente, pioveva.

Avrebbe rallentato, alla prossima curva.

Sempre al prossimo ostacolo.

D'improvviso vide spuntare sulla strada quella che verosimilmente poteva assomigliare ad una mucca.

Una stupida mucca. Una inutile mucca, erbivora che presto sarebbe finita con un contorno banale.

La volle evitare, pensando al pasticcio che sarebbe derivato sulla sua vettura glamour, un pasticcio di carne e sangue e viscere.

Evitandola, perse il controllo della vettura, l'umido della strada, le gomme forse poco gonfie o poco performanti, la Smart slittò a sinistra e finì per un lungo tratto sull'erba, fortunatamente la strada era piana, fino a piazzarsi contro dei massi. Impuntata come la spada nella roccia.

L'airbag esplose, la cintura triò busto e spalla e la tenne adesa al sedile del guidatore.

Il fumo l'avvolse.

Alla fine le buone azioni non pagano.

La carrozzeria nuova di quello scatolozzo di auto, sarebbe costato come una auto nuova, sperando che non fosse compromesso il motore, altrimenti era da buttare.

L'assicurazione avrebbe goduto a detrargliele dalla carta di credito.

Tacite assonanze

Bene, Santa Mercedes che sapeva costruire le auto, lei stessa non aveva un graffio.

Sperava che la mucca fosse investita da un altro guidatore, inglese, per non avere problemi con la polizia locale.

Provò a sganciare la cintura di sicurezza ma era bloccata, forse un sistema di sicurezza in caso di incidente.

Questo era un problema, stretta nella cintura e compressa dall'air bag era ovviamente complicato chiedere aiuto.

Però di un aiuto necessitava, evidentemente.

Recitò quella che nei suoi ricordi assomigliava ad una preghiera.

Le scappava quasi da ridere, al pensiero della sua onnipotenza vilipesa da una semplice mucca.

Sarebbe stato più onorevole denunciare una mandria di bufali, o cavalli, cavalli selvaggi.

O tori. Ecco, tori.

Di lontano l'orecchio l'avvertì del rumore di un altro motore nelle vicinanze, un motore diverso, più tondo e scoppiettante, forte e galoppante. Non ovattato come quello di una macchina. Forse un trattore, anche se aveva una sua scattante velocità, lontana dalla chiattezza di un trattore.

Il rumore si amplificò moltissimo poi si spense di colpo.

Non riusciva a vedere nulla, il fumo e l'air bag le impedivano la visuale.

Tacite assonanze

La portiera si aprì di colpo, tutta, interamente, e con impeto. Tanto che immaginò cadesse per terra sotto lo sforzo che aveva subito. La luce e l'aria fredda entrarono nell'abitacolo.

Il fumo fuggì.

Una sagoma scorta con altri sensi non con gli occhi, si chinò su di lei.

"Sta bene?" chiese in perfetto accento inglese, Oxford forse o Cambridge o qualche college rinomato per il polo, le divise da cadetto e la possibilità di sentirsi importante.

"Sì, grazie, schiacciata..." biascicò nel suo italianissimo inglese, imparato ai corsi serali ed applicato con costanza in ogni riunione tanto da farlo diventare una terza lingua, ibrida delle due, esotica, come dicevano in molti, ma che le si addiceva.

E poi quando mai stavano ad ascoltare davvero? Quando alle riunioni si presentava con le idee chiare e la guepierre che si intravedeva sotto le gonne? O meglio quando decideva di non indossare la biancheria e che i suoi alter ego lo imparassero senza ombra di dubbio.

"L'aiuto. Abbia pazienza, la tiro fuori. Torno subito."

"E dove vuole che vada?"

Le veniva da ridere. Ma si rendeva conto questo qui di quanto era facile essere eroi, con lei stretta come un cotechino tra il sedile ed il volante.

Che fosse un eroe veloce.

Ritornò nel suo quadrante visivo, aveva qualcosa di strano, sulla testa.

Un casco da moto e due occhialoni grandi con le lenti arancioni. Un foulard nero con piccole stampe uniformi era calato sotto il mento, scopriva un accenno di barba castana, morbida.

Pensai che volesse giocare davvero all'eroe, ora capivo il rumore particolare, era un motociclista.

Forse potevo aggravare momentaneamente le mie condizioni a favore del suo gesto.

Si era fermato, voleva rendersi utile. E aveva una mascella quadrata, abbastanza sensuale. Labbra nascoste dai baffi. Denti bianchissimi.

"Mi aiuti, la prego... non riesco a respirare." senza esagerare Anna, altrimenti finisci all'ospedale, invece che nelle sue braccia.

"Sì mi perdoni se sono troppo lento, non voglio ferirla."

Ferirmi?

Mi accorsi del lungo coltello nelle sue mani.

In un attimo, la cintura di sicurezza era tagliata.

Bucò di seguito l'air bag. Con un lungo sibilò, si sgonfiò davanti al mio volto. Le ciocche si scomposero tutte. Scoppia a ridere.

Sembrava una lunga pernacchia. Certo non si addiceva ad un primo incontro amoroso con uno sconosciuto.

"Se ride, evidentemente non è così grave."

Sembrava seccato. Aveva ragione lui, il Dio testosterone aveva necessità di essere soddisfatto, l'uomo era lui.

Io donna.

"Non mi sento bene, no. Mi può aiutare ad uscire, temo di svenire."

"Io non credo che sverrà."

Tacite assonanze

"Oh sì glielo giuro, mi gira la testa ed ho un principio di nausea. La prego mi sostenga."

Mi porse le sue braccia, per appoggiarmi.

Sembravo uno di quegli omini Lego che si mettono e tolgono dalle automobiline.

Indossava una giacca di pelle invecchiata, con il logo Triumph scritto in nero sul petto. Aveva le spalle larghe, il petto grosso degli sportivi.

Oppure le protezioni della giacca ingigantivano le proporzioni.

Indossava un paio di jeans, vecchi o scoloriti appositamente. E stivali da motociclista in pelle scura.

Notai che non aveva tolto nemmeno i guanti, in pelle nera.

Era molto alto, molto grosso, occupava quasi tutto il posto del sole.

E sotto di lui, la penombra, pareva quasi beata.

Mi lasciai prendere, mi levò dall'abitacolo in pochi attimi volanti.

E volai proprio in piedi come appunto un soldatino Lego, diligente.

I capezzoli mi si indurirono.

Erano il mio fedele radar. Mi trovavo davanti ad un uomo interessante, purché davvero mi era ancora celato dal casco e dai grossi occhiali da motociclista.

"Allontaniamoci, non si sa mai che non ci siano perdite dal motore."

"Sì."

Mi sostenne dal fianco e letteralmente mi portò a due metri di distanza, vicino alla sua moto. Credo che ad un passo dei miei ne fossero corrisposti tre dei suoi.

"Sì segga sulla moto, c'è il cavalletto, è sicura."

Tacite assonanze

Guardai la moto. Faro tondo, serbatoio snello di vernice nera lucida, cromature acciaio, sella in pelle lavorata a losanghe, anch'essa nera. Fumava dagli scarichi bassi.

"Mi fa paura."

Rise, un lungo suono gutturale, roco da fumatore.

"Non faccia la bambina, non le fa nulla. Solo non si appoggi alle marmitte, perché sono incandescenti."

Rimasi in silenzio. Immobile.

Mi sentivo una bambina.

Ero fuori dal mio paese, anche dal mio paese adottivo. Sola, senza la mia borsetta, le carte di credito od il cellulare.

Avrei desiderato, ora, un marito, a cui telefonare. Un marito premuroso che impersonasse il marito e mi venisse a salvare nell'umida brughiera.

Un marito che fosse un pezzettino di quel puzzle che ricomposto forse mi avrebbe regalato la felicità.

Felicità. Per quello sconosciuto, probabilmente, la felicità era lì davanti a me, due ruote ed un manubrio, e le cromature scintillanti al sole, appena si fosse degnato di spuntare in quel paese freddo.

"Va bene. Mi appoggio col sedere, senza sedermi." E così feci.

"Le gira la testa?"

Scossi la testa, no.

Anzi avevo voglia di scopare con lui, ma era indelicato confessarlo.

"Forse può togliere almeno gli occhiali."

Così vediamo come sei fatto.

"Non lo trovo necessario, anche perché ho intenzione il recuperare i suoi effetti personali e di portarla alla più vicina città. Polizia e ospedale."

"Come mi ci porta?" ma era già lontano verso la macchina.

Prese la mia borsetta, un Chanel a tracolla nera e la giacchetta di camoscio che avevo abbandonata sul sedile del passeggero.

Ritornò verso di me, aveva le gambe lunghissime. Attraversò con lunghe falcate sicure la nostra distanza.

"Indossi la sua borsa. A tracolla. Le do un casco."

"Come?" non capivo.

Prese un casco dalla borsa di pelle ancorata al fianco sinistro della Triumph e me lo porse.

Una piccola scodella di pelle nera, con l'allacciatura di sicurezza in corda.

"Cosa devo farne?"

"Indossarlo!"

"Indossarlo?" sembravo stupida. Non capivo, voleva portarmi sulla moto?

Avevo appena avuto un incidente!

"Sì è un casco regolamentare, e per legge è tenuta ad indossarlo allacciato se sale su una moto, per la sua sicurezza." sembrava falsamente paziente.

Non mi inganni, tu non sei paziente.

Tacite assonanze

"Su forza, tra poco è buio. E cala la temperatura, lei non è certo munita di un abbigliamento adatto." lasciò in sospeso, come la maggior parte delle donne.

Naturalmente mi aveva già radiografato, ero una donna, ero finita con la mia macchinina rosa fluo incastonata come una pietra preziosa contro dei massi e ora naturalmente facevo i capricci ad indossare una scodella, sui capelli freschi di parrucchiere.

"Sì lo metto. E vengo con lei in moto. Ma avrei preferito che con il suo cellulare, avesse chiamato una ambulanza ed un carroattrezzi."

"La città più vicina, non dispone che di una ambulanza e necessariamente credo sia opportuno venga riservata a casi più gravi del suo."

"Ah... grazie."

"Per quanto concerne il carroattrezzi, non credo le convenga. La città è molto distante. Chiederò al mio meccanico di venire qui con gli attrezzi ed il verricello, gliela rimetterà in sesto per farla ripartire. A Londra, perché da Londra proviene, è evidente, penserà a farla sistemare."

"Ok." Ero basita. Forse avevo anche allargato la bocca in una O di stupore ed estasi.

Indossai il casco, la chioma mora non avrebbe potuto entrarci per cui la lasciai libera.

"Avrà freddo, si tenga più che può adesa a me, la riparerò dall'aria. Metta le scarpe appoggiate sulle pedaline non sulle marmitte. Ok? Ha capito? Glielo chiedo perché ho inteso che non sa bene l'inglese."

Tacite assonanze

Feci di sì con la testa, avevo capito, avevo capito.

Montai a cavalcioni dietro a lui.

E mi aggrappai.

Accese il motore, il rombo mi si infilò prepotente nelle orecchie.

Tacite assonanze

**CAPITOLO TERZO**

Chiusi gli occhi, l'aria fredda mi sferzava la pelle del viso, come piccole frustate ghiacciate.

Una volta mi era capitato di frustare con un gatto a nove code di velluto un vecchio armatore Greco.

Lo sporcaccione si inginocchiava, lasciando ciondolare le sue intimità anziane e cadenti, attendendo che le ferissi dell'umiliazione della verga blanda.

E godeva della penetrazione di un gioco per adulti che mi allacciavo con una cintura alla vita, con la maschera di tulle al volto, con la maschera per non ricordare l'ebrezza e l'illusione del potere che quel momento mi regalava e che invece erano solo umiliazione e vergogna al risveglio del mattino.

Ma tanti soldi mi aveva regalato quella condotta. E li avevo presi tutti.

E avevo scordato.

Mi nascosi un po' dietro alle spalle muscolose e massicce, sperando che celassero il freddo, l'inopportuna sensazione di non essere più vergine, vergine di emozioni.

Le curve ed il corpo che con la moto all'unisono scendeva a destra e risaliva, e poi scendeva ancora a sinistra e risaliva, mi ipnotizzavano.

Mi veniva da perdermi.

E se mi fossi lasciata cadere, abbandonare nel vuoto dell'aria.

Tacite assonanze

Non asfalto sotto le ruote circolanti ma aria e acqua e limbo denso a cancellare, depurare, sanificare riconducendomi viva e pura ad una nuova me.

Forse lasciai la presa dalla sua vita perché le manone mi presero il polso fuggiasco e mi rimisero al loro posto.

Come appunto un Lego diligente nella costruzione.

Volitivo ed impavido, aveva creato lui stesso lo scenario in cui mi salvava e salvata doveva condurmi all'Ospedale.

Intravidi con le fessure degli occhi, le luci di una cittadella. La nebbia era calata, il buio ci nascondeva alla vista, i fari illuminavano stentatamente banchi di nebbia densa e fumogena come negli incubi dei bambini con i lupi e gli orchi cattivi.

Il motore perse qualche giro, stavamo rallentando.

Sentivo che urlava qualcosa inerente al fatto di un nostro presunto arrivo, la stanchezza era tanta ora. Fatta di ore e giorni e anni di solitudine.

Si fermò.

"Siamo arrivati. È L'Ospedale di Brungenwald. La cureranno."

Mi strinsi di più.

Si voltò, costringendomi ad allentare la presa del suo torace.

"Scenda."

Lo guardai attonita.

"Può non abbandonarmi qui."

"No."

"La prego. Ho freddo. Ho paura. Non sono abituata."

Tacite assonanze

Che falsità, ero abituata eccome ad avere paura e freddo e a quella sorta di barbarie emotiva che mi aveva permesso di vincere sempre. Ma ora no. Davvero avevo necessità di appoggiarmi.

"Ho un impegno importante, sono già in ritardo, devo davvero lasciarla entrare da sola, poi tornerò a trovarla e mi informerò sul suo stato di salute."

"La prego, mi viene da piangere, lei non sa certo ma io davvero ho bisogno che rimanga con me. Non ce la faccio da sola ad entrare lì, chiamare il carroattrezzi, sistemare la macchina. La prego."

"Come si sente?"

"Stordita."

"Sì ma veramente come si sente?"

"Bene." Mi vergognavo.

"Allora la porto a casa mia. Dormirà nella stanza degli ospiti. La Sig.ra Boff si prenderà cura di lei. Ed organizzeremo tutto dal chalet. Così potrò arrivare quasi in orario al mio appuntamento."

"A casa sua?" Immagini di corpi nudi si fecero largo nella mente annebbiata dalla brughiera inglese, e rombi di motori d'epoca, e piccoli stemmi su foulard da motociclisti ed occhialoni arancioni che celavano occhi perspicaci e seri.

"O a casa mia o qui. Ma scelga velocemente perché ho fretta."

"A casa sua." e mi sfuggì un timido sorriso che una vergine non avrebbe davvero allargato, forse più quello di una tigre affamata che scorgeva la preda nel fogliame.

"Sembra soddisfatta."

Tacite assonanze


"Sì. Lo sono." Perché mentire?

Riaccese il motore.

Ci allontanammo dalla cittadina ma solo per poco, la moto si incuneò in uno stretto sentiero, la pioggerellina cadeva insistente. Ero ormai bagnata completamente.

Immaginai una doccia bollente, thè fumante ed un camino acceso che scoppiettava per me vivacemente.

Ma avevo sempre più freddo. Le mani erano intorpidite e ghiacciate, anche se tentavo di proteggerle nelle pieghe della giacca di pelle.

Finalmente la moto perse giri e sembrò fermarsi.

Scorgevo il silenzio finalmente. Ed una casa avvolta dal fogliame rosso di una vite forse, non riuscivo a vedere bene.

Era una vecchia casa della brughiera, con il tetto rosso spiovente e le mura coperte di edera e rose rampicanti e larghe finestre rettangolari nelle sale vaste su cui troneggiavano camini in pietra e sasso e dalle canne fumarie straordinariamente larghe.

"Scenda."

Una piccola ghiaina rossa, percorreva il sentiero fine agli scalini del portone di entrata.

La porta si aprì piano e una fetta di luce come una fetta di torta si aprì ad illuminarci, due sagome scure nel buio della sera.

"Piove, sir, si bagnerà. Venga entri."

Probabile fosse la domestica.

Non ero ancora scesa.

"Venga, la Sig.ra le darà del brodo caldo e dei vestiti asciutti."

Tacite assonanze


Mi prese la mano.

Non sapevo cosa interpretare di me stessa, la timida o la spavalda che ero. La vergine o la prostituta.

La candida o la nera anima che aveva conosciuto tanto e tanti modi del piacere.

Oscillavo. E mi sentivo stordita dentro entrambe.

Forse ero la crisalide e potevo ancora subire una metamorfosi per compiacere quest'uomo gentile.

Forse potevo ancora essere migliore e dimenticare.

Per lui ero senza un nome.

Con lui non ricordavo il mio nome.

Scesi.

Gli diedi la mano.

"Che caldo benvenuto, e si sente l'odore del suo brodo. Ne beviamo subito una tazza. Grazie"

"Il Sir Beaumont l'attende nello studio da circa 30 minuti. Forse la gradisce nello studio?"

"No, per la Signorina. Io mi sbrigo con il Signor Beaumont e sono da voi. La prego badi alla Ragazza, bagno caldo, vestiti asciutti e comodi e soprattutto il suo brodo."

Osservai la scena come intontita.

Lo vidi togliersi il casco e liberare una chioma folta rossiccia, piccoli ricci tagliati corti per essere domati probabilmente.

Tacite assonanze


Occhi chiarissimi verde acquamarina. E lentiggini sul naso aquilino.

Se non avesse indossato la barba si sarebbe detto un adolescente sulla moto.

Eppure il bianco in piccoli peli sulla barba biondo rossiccia e sulle tempie e sulle sopracciglia e qualche piccola ruga agli angoli degli occhi e delle labbra, diceva che imberbe non era.

Ma bello.

Mi fissò.

Il casco mi ingoffava e deturpava la mia bellezza.

Il freddo aveva imbiancato le carni del viso e delle labbra. Gli occhi erano larghi ed attoniti dalla giornata. Dalla nuova giornata con il suo vagone di nuove emozioni.

"Vada."

Si girò e se ne andò.

## CAPITOLO QUARTO

L'acqua bollente mi scorreva sulla pelle arrossata.

Il vapore annebbiava il box doccia di vetro e timide gocce di umido vapore acqueo grondavano dalla scacchiera di pietra rossa che completava l'austera doccia inglese.

Una cascata di acqua zampillante e dalle pareti getti di vapore da rubinetti mignon, nascosti e cromaticamente variopinti.

Si sentiva rinascere, avvolta dalla pioggia dell'acqua, il ritmato picchiettio ad evacuare la sua mente dai pensieri, aggiungendole le emozioni della pace e della protezione.

Sarebbe uscita dall'acqua, avvolta in un caldo telo di spugna morbida, bianca, pulita.

Avrebbe indossato vestiti nuovi ed impersonato una nuova lei.

Una donna semplice e mite.

Servizievole ed umile.

Casta.

Senza passato.

Avrebbe permesso all'illusione di sostituirsi alla realtà pesante.

E leggera avrebbe sperimentato.

Osservò le creme ed i balsami a sua disposizione, erano selezionati accuratamente e di marca.

Scelta femminile, ovviamente. Marche come Chanel, e Prada. Yves Saint Laurent ed una ottima crema di Estè Lauder, in microcontenitori dorati di gomma biodegradabile, tutte adagiate e riposte con ordine sulla toilette.

Completa assenza di polvere sul cristallo che proteggeva un marmo antico dalle venature in varie tonalità di grigio.

Una elegante seggiolina con la seduta di velluto bordeaux, e gambette arcuate di legno dorato con piccole foglioline d'acanto intarsiate, completavano l'elegante toilette femminile. I tappeti di lana folta accoglievano i suoi piedi nudi ed ancora umidi con morbidi passi, lasciando piccole impronte leggere come ombre sulla lana bianca, come sulla neve candida appena posata.

Dalla vetrata, a grandi rettangoli, la pioggia batteva sui vetri, come la pioggia sul vetro della doccia appena lasciata. Il medesimo rumore di tacchi sul legno, di piccoli martelli sui chiodi, come le idee insistenti. Quelle che ti conducono a mutare.

La bellezza della stanza, aveva condotto lei, ad una venerazione quasi ossequiosa e titubava a toccare, preferendo sfiorare. Il grande letto al centro della stanza era un baldacchino in ferro battuto senza voile che celassero ma con una morbidissima pelliccia di visone bianco appoggiata mollemente come coperta.

Un camino in pietra rossa e sasso grande di fiume occupava l'intera parete antistante la finestra. Era acceso. La legna crepitava gioiosa. L'odore di quercia e betulla e resina di pino bruciante era pregno del calore della casa. I vetri vagamente appannati.

Si avvicinò al letto. Il lusso non la spaventava più. Ora poteva possederlo ed usufruirne senza timore alcuno. Ma questo era lusso e cultura, garbo e charme. Era lusso di una famiglia che era sempre vissuta nell'agio e nella cultura. Gli oggetti erano scelti per il loro significato ed abbinati tra vecchio e moderno con classe spavalda.

Una goccia d'acqua deturpò la composizione del letto, tra cuscini soffici e bianchi e lenzuola candide e la pelliccia anch'essa del candido color panna dei visoni nella muta invernale.

Una goccia d'acqua, caduta da lei.

E già deturpante. Come un piccolo diavolo nel paradiso delle forme e dell'uniformità dei colori.

Come avrebbe dovuto presentarsi stasera al cospetto di questa orgogliosa e vetusta famiglia?

Si sentiva camaleontica e desiderosa di ottenere i favori di questi signori. I favori di quel signore.

Vagheggiava che la sua bellezza non lo avrebbe scalfito. Era circondato da bellezza.

Avrebbe dovuto studiarne le andature per catturarne l'essenza ed usarla a suo vantaggio.

Immaginava che il sesso non potesse interessargli.

Lo stemma impresso su una pietra del camino crepitante di grifoni alati che si incontravano, incrociando le code e le lingue biforcute in un amplesso alato su scacchiere di rossi e di bianchi, le raccontava di onore e di morale. Di etica e di virtu'. La virtu' che lo aveva fatto fermare sul ciglio della strada e che non aveva permesso che vagasse sola per l'ospedale della cittadina desolata.

Tacite assonanze

Non aveva potuto notare la fede, i guanti avevano celato la nudità delle mani.

Ma una donna era stata lì, a curare, creare, nutrire.

Decise di non truccarsi. Si asciugò i capelli che profumati le circondavano il volto pallido.

Le avevano lasciato un comodo maglione di cachemire beige ed un paio di pantaloni di flanella da donna sempre beige. Comoda biancheria di lana cruda con piccoli intarsi di pizzo completava il loro suggerimento.

Comode babbucce di pelo, leggerissimamente abbondanti le scaldavano i piedini.

Decise di apparire timida ed impacciata.

Decise di credere di essere timida ed impacciata.

Era la sua arte, comprendere cosa desiderasse il suo antagonista e soddisfarne il desiderio. Per questo l'avevano pagata, molto e molto a lungo.

Per soddisfare i desideri si era trasformata molte volte. Ed aveva imparato sempre di più. Giochi, artifizi, seduzioni, alcune anche divertenti e sempre a suo vantaggio.

E ne valeva sempre la pena, il perché diventava sempre vantaggioso nel suo concretizzarsi.

Qui il perché era ancora lacunoso, forse il percorso era il perché.

Quest'uomo era una scoperta, la sua moralità una sfida.

Tacite assonanze

Si accarezzò lievemente il monte di venere coperto dalla flanella pesante del pantalone donato. Una lieve carezza, amorevole e grata per le sue sembianze femminee.

Aprì la porta, era pronta.

Note soffuse si impadronivano dell'androne dell'ampia scala.

Pianoforte, supponeva.

Divenivano sempre più invadenti, fino a colmare la sala intera. Le seguì.

Braci ormai roventi alimentavano una stufa centrale nel mezzo della sala, sospesa da terra e di forma conica. Vetrate a semicerchio circondavano la stessa come in un abbraccio lucente. Luci soffuse formavano piccoli raggi giallastri sotto i paralumi di stoffa, disposte sapientemente seguendo le luci lunari che facevano capolino dalla vetrata.

Un giradischi amplificato da più casse nascoste, diffondeva note di un pianoforte, insieme alle sporcature del disco e dell'audio anziano e vetusto.

Due poltrone di pelle anticata, forse mucca dal manto pezzato bianco nero, sedevano davanti alla stufa, a scaldarsi. Su una di esse, il padrone di casa era intento ad ascoltare la musica. Anna ne vedeva la nuca e la folta capigliatura rossa ed un polso ed un pugno su cui poggiava la guancia assorta, appoggiandosi di tre quarti al bracciolo della ruvida poltrona. Forse riposava.

O attendeva lei.

Tacite assonanze

Era vagamente imbarazzante, non desiderava turbare l'attimo di quiete assorta nell'intento dell'ascolto ma non desiderava neanche esserne esclusa.

"E' Debussy."

Trasalì, come se l'avessero scoperta con un enorme sacco di pepite d'oro, calarsi dalle suggestive vetrate tra le rose del giardino.

"Come?"

"Venga si segga ad ascoltare insieme a me."

"Eccomi."

"Le piace?"

Naturalmente la domanda non ventilava altra risposta, che sì, naturalmente lo adoro.

"L'adoro, è così suggestiva."

"Debussy, Clair de Lune."

Il disco stava melodiosamente armonizzando i tasti con piccole note alte, in una mano, e nell'altra un volteggio a cascata di bassi veloci, come una bilancia calmierava i suoni dispensando bellezza ritmata e melodiosa, diritta al cuore attraverso l'orecchio.

Non riuscivo a farmi catturare, rimanevo vigile ad osservare il profilo sgarbato, aquilino, i baffi rossi della barba come si legavano dalle narici al labbro, sfuggendo in lunghezza ai lati della bocca ed in spessore, mentre al centro nella fossetta, rimanevano più corti.

Alla luce delle braci ardenti, parevano ancora più rossi, e i piccoli peli bianchi si mascheravano in essi, scomparendo quasi.

Tacite assonanze

Gli occhi con ciglia folte, chiarissime, e piccoli archi biondo rossicci per sopracciglia.

La fronte alta, lievemente rugosa, con piccoli segni orizzontali che la percorrevano come paralleli nel globo, accesi anche ora che ascoltavano cupi la musica.

Vivace invece la barba, densa, rossa, come a voler presagire che i pensieri ombrosi potessero essere mitigati da una più serena visione verbale, e che c'era ancora tanto da pensare ma ancor più da vivere, soprattutto sulla sua moto, in un'epoca di giovane fanciullezza sempre viva.

Un maglione di lana spessa, color della lana, panna, a collo alto, lottava con le maglie e piccoli peli ribelli che sfuggivano per nascondersi nel suo collo.

Avrebbe voluto abbassare il collo del serico maglione ed annusare l'odore dell'uomo.

Un fuoco la colse. Una vampata di calore subitaneo la inondò' beffarda, a ricordarle che era sempre lei, una bugiarda, priva di cultura, di arte, una arrampicatrice sociale che si era arrampicata sui corpi nudi dei suoi concorrenti, denunciando, fotografando, svilendo e rubando.

Si fece piccina nella poltrona pezzata, dura e scomodamente salda sul parquet in legno di quercia.

Il disco finì, raspò sul piatto e gracchiò esamine.

"Le è piaciuto?" Lui si alzò.

Era possente in verità. Come tutti gli inglesi di nascita e di derivazione anglosassone, aveva spalle larghe e busto pronunciato tipico della razza, come gli scozzesi abituati alle temperature della brughiera, ai venti freddi e alle desolazioni della pianura rocciosa.

Tolse il disco. Fermò il giradischi. E si voltò.

Con lentezza e pensiero di farlo per bene, e nel mentre che pensava l'azione, un pensiero alla conversazione e a come formularla. E lei stessa, rifletteva che queste tre azioni, durassero più del previsto per riflettere a come rispondere ad una eventuale conversazione benevola.

E a come in verità non volesse dire nulla che non fosse, liberiamoci dei vestiti oppure   mi libero dei vestiti.

Lo fissò alto e perentorio.

"Sì, certo. Io non me ne intendo."

"Non le piace la musica classica?"

"In verità non l'ho mai ascoltata."

"Da dove viene, ha un accento molto marcato."

"Italia. Puglia."

"Interessante. Per questo i capelli corvini e la carnagione olivastra. Ma gli occhi non sono della sua terra, così chiari, del turchese del mare dai fondali sassosi come l'ho visto solo all'estero."

"L'Italia ha subito diverse invasioni, soprattutto al sud. Germani, Francesi, le razze si sono mischiate anche durante la Seconda Guerra Mondiale, per via degli stupri e delle razzie sia da parte dei Nazisti che dei partigiani."

"Vero. È nata in un paesello? Come la maggior parte degli stereotipi sui suoi connazionali."

Tacite assonanze


"Sì. Purtroppo al paesello sul mare. Proprio quel mare che diceva, con l'acqua turchese, come credo non abbia visto molte volte, il fondo di sassi e acqua cristallina, ed i pesci veri, non quelli della barriera corallina certo, ma colorati, che nuotano a riva, tra i sassi e le alghe. Un posto ancora bello."

"Sembra che le manchi."

Mi venne da guardarmi le mani. Lunghe unghie perfette rosa pallido, dita con pochi anelli ma di valore. Una volta erano solo mani di ragazza.

"Sì. Un altro modo di vivere. Genuino ed ignorante. Era semplice la verità. Ho riflettuto che lo sfarzo del denaro, confonde la realtà, suggerisce le interpretazioni, le illusioni. "

"Vorrei farle ascoltare Caruso."

"Caruso?"

"Sì nell'interpretazione di Hauser per violino."

"Non credo di averla mai ascoltata."

Sì voltò, cercando dalla libreria alle sue spalle, un disco, ingiallito nella custodia di cartoncino, vagamente sgualcito come il miglior vestito di sempre.

La sinfonia del violino mi raggiunse velocemente, calda, dolce, struggente.

Mi sentii avvolta come in una coperta morbida di panno, come nell'abbraccio sincero di un amante innamorato.

Si avvicinò e mi prese una manina, sollevandomi dalla poltrona.

Tacite assonanze

Mi abbracciò. Non strettamente, ma delicatamente. E dondolando mi insegnò a ballare con lui.

Appoggiai le mani sulle spalle, di molto mi sovrastava, e la guancia al suo petto.

L'aroma della colonia e della lana pulita e della legna nella stufa mi arrivarono alle narici. Sentivo il suo battito con il mio nelle orecchie e nelle orecchie ancora, la musica che soavemente cullava entrambi.

Il disco finì, il giradischi si fermò. Gracchiava in stereofonia.

"Immagino abbia fame."

Feci cenno di sì. Ero stravolta.

L'emozione del sentimento mi aveva colta, ed era dolcissimo ed affettuoso come non lo ricordavo. Come la mia mamma che mi voleva bene e tutto avrebbe desiderato per me, tranne che diventassi una prostituta in maschera.

"La Signora della casa, la mia domestica, come avrà intuito, ci ha lasciato una cena superba."

"Favoloso."

"Mi segua, le faccio strada. Avrà bisogno di cenare e di un buon sonno, domattina la farò accompagnare a Londra, al suo hotel, dove gestirà il ritiro della Smart."

"Io gradirei rimanere qualche giorno qui con lei." Certo non era stato astuto, confessarlo così apertamente ma il carico della giornata si faceva sentire.

Mi guardò sorpreso.

"Perché?"

Tacite assonanze


Ecco, un uomo che non faceva giochi, che non si celava ed era vero.

Quindi non aveva necessità delle parole.

Richiedeva un notevole sforzo, rispondere la verità.

"Perché lei mi piace e non ho mai conosciuto nessuno come lei."

"Ho molti difetti."

"Io sicuro più di lei."

"Ma preferisco che si vedano subito."

"Io non vorrei che i miei si vedessero mai." ed era vero. Sarei morta se lui avesse imparato la mia vita.

"Prima ceniamo. Le deve piacere la cucina."

Continuavo a guardarlo fissamente. Aveva degli occhi azzurri incredibilmente chiari, limpidi e forse avrei potuto leggerne i pensieri attraverso, come in una tavola di Rembrandt, leggere le emozioni della giovine seduta alla panchina.

Mi lasciava sgomenta, sembrava senza alcun turbamento e ferreo nei confronti del mio.

Mi accarezzò la guancia con un polpastrello ruvido.

Apersi le labbra d'istinto.

Lo volevo.

"Andiamo bella italiana."

E mi prese per mano. E di nuovo mi sembrò di tuffarmi nel mio passato, come dai sassi della mia terra, nell'acqua che lavava le impurità del sale e del sole e della sabbia.

## CAPITOLO QUINTO

Quell'uomo era ovattato, come se l'espressione di sé fosse nello spazio, attorno a lui.

Poche parole, calmierate e di senso diretto e poi attorno a lui, nel suo elemento, tutta una gamma di suoni che lo rappresentavano, come se avesse uno spartito di note nello spazio che lasciavano la banalità del rumore per abbracciare la complessità della melodia.

Come un quartetto d'archi che lo seguiva ed anticipava impavido, e a tempo rappresentasse gli umori ed i misteri.

Lasciammo la sala ed il suo crepitare solitario, fermo il giradischi, fuori lontano il picchiettare della pioggia sui vetri fini delle finestre antiche.

Strascicando le pantofole di lana grezza sul legno vecchio del pavimento, mi condusse alla sala da pranzo. Una apoteosi di profumi e di colori vivaci, smorzata dalla luce di due candele lunghe profumate che, accese, illuminavano flebilmente la tavola imbandita. Altre candele di tozze dimensioni e dai colori variopinti ardevano in vasi di vetro come bicchieri da acqua, ed occupavano a spazi alterni l'intera cucina.

Il picchiettare della pioggia era sempre con noi, familiare. Il tavolo infatti era posizionato di fronte ad una enorme porta a vetri che presumibilmente con la luce avrebbe mostrato un giardino di rose e salici antistante il retro della casa di campagna sassone.

Tacite assonanze

La pioggia non cadeva più sui vetri ma sul selciato in prossimità del varco, presumibilmente una pergola ne proteggeva l'entrata.

Batteva incessantemente sui ciottoli dell'entrata, evidenziata come un tratto pen arancione dallo spicchio di luce che arrivava dalla cucina, come spettro di pioggia.

L'ambiente seppur denso di odori era più freddo.

Una cucina dai grandi fuochi in alluminio come le cucine dei ristoranti gourmet, occupava un'intera parete lei sola, sovrastata da una cappa di lucente alluminio, ampia e bassa a catturare gli interi fumi provenienti dai fuochi sottostanti.

Una zuppiera in porcellana antica con piccoli putti volanti troneggiava appoggiata mollemente sul ripiano libero. Un mestolo capiente era immerso in essa. Un piccolo e loquace rivolo di fumo odoroso di spezie si alzava dal suo coperchio semi chiuso.

Mi condusse per mano alla seggiola di fronte alla vetrata, il posto era riccamente apparecchiato.

Piatti fondi e piani con i conosciuti putti volanti, e bordi dorati sui piatti fondi che alla luce della candela, parevano di un caldo color salmone.

Due bicchieri, uno da vino e l'altro per l'acqua più capiente, di cristallo entrambi, leggeri con piccole decorazioni aeree, bianche, sul bordo e sulla base più solida.

Posate d'argento, grandi più del normale, antiche evidentemente, dalle fattezze artigianali e con uno stemma inciso nella loro parte finale.

Tacite assonanze

Sempre i grifoni che annodati in un amplesso di forme, volteggiavano approssimativamente nello spazio esiguo dei cucchiai e forchette.

Tovaglioli di pizzo di San Gallo, bianchi, eterei, come la tovaglia.

"Spero gradisca il brodo di cappone, caldo, con crostini di pane fatto in casa."

I crostini erano appoggiati in un altro piccolo contenitore di porcellana, tutti diseguali e tostati con olio. L'odore del pane caldo e fragrante era delizioso.

"Sì, sembra tutto ottimo."

L'assenza delle sue parole, le aveva prosciugate anche a lei.

"Si accomodi. La servo io, se per lei va bene. Ho lasciato rincasare i domestici."

"Sì." E timidamente osservò le sue mani raccolte in grembo.

Non si riconosceva. Sembrava un'altra lei, come una sosia beffarda e dimostrarle una vita non sua, una possibilità, non sua.

"E' molto caldo." Stava quasi sussurrando, la pioggia sovrastava ogni rumore, anche quello dei pensieri. Le candele trasecolavano irriverenti, mostrando le ombre dei sussulti, i veli negli occhi stupiti.

Seguì con gli occhi il mestolo immergersi e ricomparire carico di brodo, per rovesciarsi lentamente nel piatto fondo di lui. Il fumo carico e denso si levò rapidamente insieme all'odore di spezie e di carne, più leggero e soave.

"Prego assaggi."

Anna prese il cucchiaio pesante, leggerissimamente più capiente del normale, come i cucchiai vecchi, quelli dei bis nonni quando il ricordo

Tacite assonanze


le consentiva di rammentare una lei bambina su un tavolo di legno duro e delle ciotole di minestra calda.

Il vociare dei parenti, le carezze sui capelli.

Con quel carico d'amore con cui era cresciuta, come aveva potuto trasformarsi a tal punto, snaturando sé stessa?

La fame. Si ricordava ancora quando il primo compromesso. Davanti ad un gioiello. Era così incredibilmente luminoso, pareva fosse nutrito di energia propria come se ogni atomo di sole si fosse radunato al suo interno, per nutrirlo. E per nutrire la vaghezza che un solo gioiello potesse operare il cambiamento.

Eppure un cambiamento quel gioiello aveva operato, al gioiello accettato erano succedute le lusinghe, i compromessi, le bugie ed i trucchi. Quando soggiogò il suo primo partner per le quote della prima società, minacciandolo di estorcergli ben altro con foto e video che chiaramente compromettevano il suo status sociale, ormai era una ladra ed una bugiarda.

Inalò voluttuosamente il caldo odore.

Immagini di corpi avvinghiati le si posero innanzi.

Come si riesce a cancellare il ricordo?

E ancora al bivio di una nuova scelta, sarà sufficiente scegliere con virtu'?

Quante scelte virtuose saranno necessarie, come un Monopoli al contrario, diventi più povero ma più virtuoso, non avrai più corso della Vittoria ma la medaglia del buon esploratore.

Tacite assonanze

"Mi immaginavo fosse una donna ciarliera. Invece la sento silenziosa e mite. Forse non conosce bene la lingua inglese. Devo parlare più piano o scandito per aiutarla?"

Lo osservai. Desiderava che io fossi mite. E silenziosa.

Immaginai di spogliarlo piano, alla luce fioca del camino, il mio respiro scandito dal tamburellare della pioggia.

Sorrisi, abbassai gli occhi.

Era già mio.

Per questo ero ricca e potente. Perché' ero la predatrice che attendeva nell'angolo inconsapevole e carpivo il desiderio, trasformandolo in realtà. E di quella realtà io mi rendevo insostituibile e maestra.

"Forse è timidezza, la sua?" Insiste', il suo cucchiaio insistentemente abbandonato sul piatto, a mollo nel brodo, in attesa di me.

Decisi di sollevare gli occhi, poco truccati ma profondamente azzurri.

Io sapevo che i miei occhi erano belli. Erano belli perché gli occhi chiari ci fanno immaginare una Dea buona, una ninfa, una giovane garbata, erano belli perché il blu era intenso e l'iride luminosa della sanità del corpo. Perché erano profondi ed anche senza trucco le folte ciglia nere della mia terra brulla, erano il regalo di tante cene con poco cibo, di una terra povera ma con una bellezza grezza e forte che mai nel contrasto dei colori, si poteva scorgere nelle altre razze.

Le folte sopracciglia sempre nere, su una pelle resa pallida dalla plumbea Inghilterra.

Lo guardai.

Notai un lieve rossore imporporargli le guance.

Tacite assonanze

Immaginai che non avesse una donna da molto tempo, e che non fosse pratico alle conquiste occasionali, o che non fosse facile per lui approfittare dell'occasione.

Era titubante. Avrebbe voluto sfoggiare la sua cultura, ma capiva che non ne sarei rimasta impressionata. Non riusciva a cogliere come carpirmi.

E non avrei permesso che comprendesse. Mi piaceva giocare ad essere migliore, diversa, pura come lui immaginava, timorosa e virginale.

Si zittì.

Naufragò nel mio sguardo.

Lo vidi perdersi pensieroso, pensieroso di corpi avvinghiati, e di unghie che si aggrappavano alle schiene sudate.

Aveva mani grandi, dita lunghe, con le unghie mangiate e corte appositamente.

Non indossava anelli.

Mani pallide, con qualche pelo biondo che sfuggiva dal polso ossuto.

Le immaginai acchiappare e stringere la mia vita sottile per spingersi dentro.

"Ho lavorato il Inghilterra per molti anni. Capisco la lingua." Mossi le labbra con lentezza, sapevo di avere una bocca piena e voluttuosa.

Lui piazzò il suo sguardo diritto alle mie labbra che si muovevano lente a cadenzare le parole, lente mostravano la lingua tra i denti a formare le parole.

Infilai la lingua sul labbro superiore e meccanicamente umettai prima un labbro poi l'altro, lasciando la bocca leggermente aperta.

Tacite assonanze

Il suo rossore aumentò drasticamente. Abbandonò lo sguardo.

Una me, dentro di me, sorrideva.

Avrei voluto un uomo che mi conquistasse, in verità. Era sempre così semplice.

"Sono molto stanca."

"L'accompagno nella sua stanza."

Si alzò, il corpo era possente, nella piccola cucina inglese. La pioggia picchiava i tetti.

"Venga."

Mi prese per una mano e mi fece levare dalla sedia.

Il brodo strabordò dal piatto, i bicchieri tintinnarono.

Ci salutavano?

La sedia stridette.

Vicino al suo petto, arrivavo poco più alle spalle, mi sentivo minuta.

Aveva un petto possente, si intravedeva dal maglione di lana grezza.

Pettorali forti, frutto dell'esercizio, del sudore sugli attrezzi e dello sforzo e del vigore della spinta dei muscoli.

Alle narici mi arrivò il suo odore, un profumo oppiaceo di uomo.

Come immaginerei i cowboys che cavalcano i pezzati per radunare le mandrie, o i corridori di rally mentre affrontano le curve di montagna per essere adulati dalla platea appassionata.

È sposata?"

"No."

Inarcò il sopracciglio destro. Dubitava.

Gli mostrai le mani. Erano prive di anelli. Di segni lasciati dal sole.

Tacite assonanze

Le prese entrambe tra le sue. Le racchiuse tutte e le portò alla bocca sua.

Depose un timido bacio sulle mie ditina tutte raggomitolate dentro le sue forti ed avvolgenti.

Sentii il mio sesso che si bagnava ed apriva per ricevere una carezza anche lei da quelle labbra.

"Venga. L'accompagno in camera."

Trattenne una mano e con rapida piroetta mi guidò verso le scale.

Ora potevo sorridere, ero dietro alle sue spalle, non ero vista.

Pregustavo una notte di fuoco.

Quell'uomo era evidentemente abituato a donne fredde, ossute e di pelle pallida.

Lo avrei fatto annegare nel mare della mia terra, nell'umore del mio sesso ingordo.

Immaginavo fosse un amatore inibito. Sarebbe stato un gioco divertente, sciogliere le barriere, far sgorgare l'eccitazione prepotente come avrei desiderato in un uomo alto, con quelle spalle larghe che osservavo ora davanti a me.

Arrivò alla porta della mia camera. Si arrestò, voltandosi.

Lessi il dubbio, arrivò alla maniglia.

Strinsi la sua mano. Era un incoraggiamento.

"Le ha mai detto nessuno che un Dio dovrebbe essere più deciso?"

Sorrise.

"Immagino che non sappia bene quello che ha detto."

"Lo so bene, invece. Entri con me."

Tacite assonanze

E lasciai la sua mano, scivolando verso il cavallo dei suoi pantaloni.

Trovai il suo sesso. Lo trovai eccitato e stordito. Di una durezza insospettata.

Mi prese il polso.

"Siamo già a questo punto?"

"Più che un punto mi pare un inizio."

"Poveretto me che dà che l'ho vista, non ho desiderato altro che di cascare dentro un letto con lei."

"Allora apra la porta e mi tolga i vestiti." sussurrai, anch'io ero eccitata e bramavo le labbra. Sapevo che non me le avrebbe date subito. Ma le volevo.

Chiusi gli occhi. Mi concentrai sul mio desiderio.

Immaginai il suo corpo che si spogliava per me, che vigoroso mi montava, tenendomi ferma la testa per penetrarmi profondamente.

Scivolò nelle mutandine di pizzo, un rivolo di umore caldo. Ero pronta.

"Potrebbe essere un errore, senza conoscersi."

"Se io fossi un angelo e potessi predire il futuro, avrei scelto questo momento con lei."

"Lei sembra un angelo, un bellissimo angelo nero."

Portò le sue mani ai miei capelli.

"E poi l'Inferno cos'è? Forse sarebbe non entrare dentro quella stanza con lei.

Preferisco pensarla come un bellissimo angelo regalato a me per qualche merito che non rammento."

Tacite assonanze

Mi prese tutta la testa con le sue manone, tirandola un po' indietro con tutti i capelli racchiusi nelle mani. Continuai ad accarezzargli il sesso, lo sentivo crescere come il respiro. Gli slacciai i pantaloni, si chinò per baciarmi.

Le labbra calde si posarono, i bottoni si allargarono e mi fecero infilare la mano sulla carne.

Mi prese tutta la bocca. Con la lingua interamente dentro di me. E la testa ferma tra le sue mani.

Sbattei sullo stipite della porta e mi schiacciò volutamente.

Volevo essere nuda.

Sentivo che le mie forze passavano a lui attraverso la saliva e la lingua che sgarbata mi invadeva.

Mi lasciò con uno schiocco come se avesse risucchiato gli umori, le incertezze, le anime che albergavano strette strette dentro di me.

Ancora.

Passai le mani alle sue natiche, spogliandole, i pantaloni si abbassarono irrimediabilmente, liberandolo.

Sarebbe stato vagamente ridicolo se l'eccitazione non avesse prevalso, ad osservarlo eretto e maschio ed incredibilmente dotato.

Lo osservai. Lui mi guardava, rosso in viso.

Abbassai la maniglia. E lo tirai dentro per il membro turgido.

Mi levò il maglione e la canottiera di pizzo.

E agguantò un seno morbido.

Tacite assonanze

Sembrava un affamato, mi pareva di percepire ora il significato della bramosia. Ma la mente era obnubilata ed in nuvole di vapore denso vagava sul suo corpo muscoloso.

Qualche pelo lungo e rosso sfuggiva all'incavo delle ascelle, buttai il viso ed il naso tutto a catturare ogni odore, ed il sentore di un lontano sudore di maschio mi buttò nell'oblio. I pensieri e la coscienza fuggirono insieme, lasciando il nulla.

Il petto era quasi liscio, la pelle era morbida e tonica, i muscoli erano sodi e guizzavano mentre li sfregava contro i miei capezzoli nudi.

Non potevo più resistere.

Mi chinai in ginocchio. E presi il suo membro ingrossato e gonfio completamente in bocca. La sua sorpresa fu tanta che sembrò volersi ritrarre.

Allora con frenesia lo spinsi tutto in gola.

Le mie orecchie sentirono un grugnito lontano come un animale che risvegliato volesse carne.

Mi afferrò la testa e tutta la massa di capelli e spinse tutto il suo membro nella mia gola. Un conato mi salì dallo stomaco ma lo trattenni. Lui mi teneva stretta la testa ed ero quasi contro il muro, impossibile retrocedere. Da cacciatrice mi ero trasformata preda. Non riuscivo a pensare, i pensieri erano accavallati ed accelerati come i colpi delle sue anche nella mia bocca, profondi a penetrarmi tutta. Un altro conato mi colse, cercai di espellerlo ma si spinse ancora più dentro. La saliva mi colava dal braccio, al gomito.

Tacite assonanze

Lui spinse ancora ed ancora ed enormemente mi invase la gola del suo umore tracimante.

Sentivo che saliva alle narici ed usciva.

Violentemente avrei dovuto ingoiare conati ed umori e le gocce di saliva che colavano dal braccio mi convinsero a godere e ad annullarmi nel mio orgasmo.

Lasciai il suo membro e mi appesi alla sua vita.

Percepii vagamente la sua mano abbandonarsi in una lieve carezza sui miei capelli.

Era così che i fantini accarezzavano i loro cavalli alla fine della corsa?

La vergogna mi colse, ancora la saliva beffarda sgocciolò dal mio gomito.

Questa partita era persa. Lui mi aveva interpretata sinceramente. Impossibile mentire.

I termini del gioco erano in totale disequilibrio, avrei dovuto inventare qualcosa.

Ora però ero in ginocchio.

Tacite assonanze

## CAPITOLO SESTO

Mi ero fatta una doccia tiepida, ora ero avvolta nelle morbide coperte, un piumino impalpabile ma caldo e avvolgente mi copriva interamente fino sopra il mento.

Mi necessitava un sonno ristoratore, troppe emozioni, troppe avventure in un solo giorno. Troppo anche per me.

Chiusi gli occhi, la penombra della stanza era atona, un rassicurante color notte.

Sentivo i passi di lui nel corridoio, era indaffarato, avanti indietro avanti indietro, forse non era lui, ma la domestica. Che la smettesse però, cominciava a darle un certo fastidio.

Inalò i profumi della stanza, lavanda, rosa, le coperte odoravano di pulito, come i panni appena tolti dall'asciugatrice, morbidi, freschi, profumati di buono.

Ancora avanti indietro, rumore di passi, come se non volessero farla dormire.

Provò a girarsi su un fianco, il guanciale l'avvolse.

Immaginò il sesso di lui penetrarla violentemente, prepotentemente.

La porta si spalancò.

Anna sussultò nelle coperte, e sbarrò gli occhi. Il buio era fitto.

Riconobbe la sagoma di un uomo.

"Ah sei tu! Mi hai spaventata!!"

Tacite assonanze

La sagoma le salì a cavalcioni sul letto. Indossava scarpe da ginnastica e odorava di dopobarba al muschio. Una sottomarca sicuramente, data l'intensità alle narici.

Anna provò ad alzarsi. Impossibile, col peso dell'uomo sul tronco, immobili le braccia sotto le coperte, riusciva solo a muovere la testa.

"Mi spaventi! Smettila!"

Sentì un riso sommesso.

Il sangue le si gelò. La paura le salì come un conato acido in gola.

Vide che l'uomo aveva il volto coperto da un collant da donna, i lineamenti appiattiti dalla trama del tessuto impalpabile.

"E' un gioco di letto?" Urlò, se era un gioco di letto, non stava gradendo.

Provò a scalciare facendo forza sulle gambe ed alzando il busto. Era inchiodata nel letto.

L'uomo le fece vedere un lungo coltello da tavola, di quelli per affettare il pane, con una zigrinatura frastagliata e lunga. Forse un manico di legno sottile tra le sue mani.

Il cuore le martellava nelle tempie, la vita era stata troppo breve, ne voleva ancora e ancora.

Scalciò e scalciò. Vide la lama su di lei, impugnata a due mani.

Cominciò ad urlare forte. Forte? Non usciva nulla, nulla. Un gioco stupido del destino, lei che aveva sempre avuto la parola, moriva così, senza riuscire a pronunciarsi in merito.

La lama affondò lenta nella pelle, uno zampillo di sangue caldo le colpì gli occhi, accecandola per un secondo, prima che il dolore arrivasse, la paura le aveva fornito l'antidolorifico perfetto. Era vero che si moriva prima che accadesse. Il terrore della morte era talmente vivido ed intenso che le inondava di adrenalina il corpo.

Sbarrò gli occhi ed un getto di sangue le uscì dalla bocca, come un ruttino maleducato colmo di liquido rosso e denso.

Le sembrò di pronunciare un no vago, no non vorrei morire adesso.

No, quando sono una ricca donna d'affari e posso fottere chi voglio e quando voglio.

No, grazie. Questo film non mi piace, passiamo ad altro, andiamo nella movida, godiamoci la giovinezza, la bellezza e qualche drink molto alcolico.

La lama penetrò ancora, era incastonata come un bel diamante nel suo sterno.

Sentiva i suoi battiti galoppare feroci, provò ancora a muovere le gambe. L'urina le bagnò la camicia da notte. Moriva senza le mutandine nel suo piscio. Davvero?

Ancora sentì il sangue uscire, lo percepì nitidamente mentre fuoriusciva come fosse una diga interrotta e franata. Aiuto.

"Aaa it to" gorgheggio come al solfeggio per imparare bene le lingue.

Fissò la testa avvolta nella calza da donna.

Perché?

Cosa aveva fatto?

Erroneamente in questo momento in cui moriva nel suo sangue e nella sua urina, non le veniva in mente chi la uccidesse e perché. Pensava solo che moriva barbaramente, schifosamente, che il suo corpo da morta sarebbe stato bianco e duro, con un orribile taglio nel petto, dove una volta i seni gonfi troneggiavano. Ora sarebbero stati intrisi, flosci e svuotati, completamente scoordinati nell'architrave del suo nuovo corpo da morta. Ora che quell'orribile taglio continuava ad allargarsi in lei, toccando le ossa dello sterno e spaccandole, arrivando al muscolo del cuore che pompava e pompava spasmodico l'ultimo amplesso. E piano penetrato si assopiva nell'ultimo giro di sangue, l'ultimo giro della morte, Anna, nella montagna russa, ancora uno, prima che le tue carni raffreddino.

Gli umori uscirono tutti, l'intestino evacuò senza ritegno. L'aria si fece satura, sudore, sangue, feci.

Gli occhi opacizzarono la vista, l'uomo si ombreggiò nel buio, calò con lui il sipario.

La scena è finita, lo spettacolo non può continuare, la protagonista se ne sta andando, chiudete il sipario, presto.

Ed ecco come la vedo ora, la mia bella Anna, stesa sul letto supina, avvolta nella coperta lurida dei suoi umori. Puzzolente, bianca di morte, disdicevole. Morta con un uomo che la montava senza farlo davvero, che ancora a cavalcioni su di lei e sul suo sudario premeva con la pressione del suo corpo un coltello per tagliare il pane, dal manico di legno, forse.

Il resto era buio e notte.

Tacite assonanze

## CAPITOLO SETTIMO

Clara era in ritardo, era sempre in ritardo, perché si perdeva a pensare.

A pensare alla vita, all'amore, a quando lo avrebbe incontrato, dove e che espressione avrebbe avuto lui, di sorpresa? Di incanto? Di presentimento meditabondo?

E lei, come sarebbe stata? Come sarebbe stata vestita, acconciata, truccata? O semplice come al solito, nei sui ventidue anni ingenui e romanzati di rosa.

Clara era ancora un'adolescente in un corpo da adulta, lunghe gambe, vita stretta, seno abbondante e capelli lunghissimi di un biondo paglierino di rara lucentezza. Era merito della nonna che sempre li spazzolava cupida, all'imbrunire prima di rimboccarle le coperte di lana. Li spazzolava e li nutriva con impacchi di miele e limone per schiarirli naturalmente e non li tagliava mai, tanto che le punte che toccavano la sua vita erano diventate quasi bianche.

Vestiva con graziosi abitini fiorati, stretti in vita da cinture di corda e tessuto, e tennis bianche con calzini bianchi rimboccati dalla caviglia a mostrarne il bordino ricamato di pizzo.

Una giovane deliziosa, romantica, intrisa di storie d'amore a lieto fine che immaginava costantemente che il suo Blue Prince sarebbe arrivato, addirittura a cavallo, per prenderla e condurla nel suo Palazzo.

Gli occhi erano vaghi, di un ceruleo blu cielo estivo, ed impalpabili come nuvole dello stesso cielo, persi a fantasticare i suoi futuri da serena principessa. Azzurri e grandi e ne avrebbero fatto una vera

Tacite assonanze

bellezza se solo si fossero posati sulle persone meno vacui. L'unica sporcatura vera erano le sopracciglia di un intenso nero che esaltavano l'arco sopraccigliare impertinenti e false, sordide e profonde, celando che forse nei pensieri di lei sognati dagli occhi, il bel principe la conducesse in un letto per assaporarne finalmente la verginità tutelata. Doveva salire sul bus per la City, l'attendevano le sue compagne di college, per festeggiare gli esami passati con ottimi voti e qualche amore vacanziero da rispolverare per riderne.

La libido delle sue compagne era selvaggia e prepotente, i racconti a dir poco indecenti. Ma facevano ridere, perché le malcapitate rimanevano sempre sole, ed i fidanzati occasionali, scappavano appena potevano.

Il suo non sarebbe scappato, perché lei aveva imparato al primo vagito a non far assaporare il suo sesso prima che lui fosse innamorato di lei.

E si era tenuta per questo e ancora nessuno aveva avuto l'onore di infilare una mano sotto le sue gonne.

Fece l'ultimo tratto di corsa, la gonna svolazzava vezzosa tra le sue ginocchia.

L'autobus rosso era fermo al capolinea, il controllore fermo, stazionava integerrimo a fianco dell'entrata.

A Brungenwald avrebbe preso la coincidenza per Londra.

"Ecco il biglietto!" con un'ultima piroetta della gonna fiorata, mostrò il biglietto per la obliterazione, le unghie delle dita affusolate, mangiucchiate come le adolescenti ansiose.

"Salga, prego." Atono.

Tacite assonanze

Clara salì i tre gradini del bus e scelse un posto centrale, libero, dal finestrino, i sedili grigi invogliavano ad un leggere apatia. Gocce di pioggia leggera bagnavano il vetro dell'autobus, cadevano tamburellanti, rigandolo come lacrime.

Clara, rovistando nello zaino Eastpack rosa, fece emergere un libricino nero ed una piccola matita carboncino. Adorava disegnare volti di ragazze, con labbra carnose ed occhi ammiccanti, anche nude che contorcevano i loro corpi in amplessi sospirati. Erano disegni privati, di cui provava una vergogna conscia che le aveva indotto a scegliere un posto appartato sul bus, per dedicarsi a quella passione liberatoria. Lì poteva essere la sensuale Clara, quella forse perversa e libidinosa che sognava un principe amante.

Il bus chiuse le porte, si partiva.

Bene, un senso di sollievo la colse, a breve sarebbe stata in compagnia delle sue amiche a Londra, le avrebbe ascoltate e avrebbe riso spensierata delle loro ingordigie.

Disegnò una giovane dai lunghi capelli, nuda con i seni gonfi e turgidi che cadevano prorompenti sulla pancia e capezzoli con enormi aureole.

Un viso giovanile, atteggiato a bacio forzato, con labbra tumefatte dai baci che promettevano orgasmi, forse una prostituta, forse una giovane sbandata.

Firmò nell'angolo sinistro il suo disegno a carboncino con le iniziali C e F, appena in tempo. Il capolinea era giunto. Era ora di scendere.

La coincidenza sarebbe giunta da lì a qualche ora, per le 20,20. In due ore sarebbe stata nel suo ostello a Londra.

Tacite assonanze

"Prego scendete. L'autobus per Londra ha subito un lieve ritardo. Potete attendere nell'area riservata ai passeggeri."

L'area riservata ai passeggeri era un angusto gabbiotto con sei sedie di plastica verde. Muri bianchi piastrellati con piastrelle azzurre da metropolitana. L'istinto la allontanò.

Pioveva lieve e faceva quasi buio.

Una leggera nebbiolina arrivava dalla brughiera.

Le luci di un'insegna gialla, Bistrot George, attirò la sua attenzione, esattamente dall'altra parte della strada.

Attraversò di corsa la strada asfaltata, coprendosi il capo con lo zaino, chiudendosi con la mano la giacchetta di jeans. L'aria era fredda e poco invitante. La porta era aperta. Un suono accompagnò la sua entrata, come nei bistrot di qualche anno prima. Tavoli lunghi, accompagnati da panche a destra e sinistra a due posti di un placido azzurro plastificato ed imbottito, allestivano allegramente il locale. Bene, le piaceva. Il menu offriva panini e hot dog, birra e bibite e naturalmente delle ottime patate al burro.

"Buonasera" si rivolse alla signora al banco, "prendo un panino vegetariano ed un caffè lungo con un goccio di panna."

"Glielo portiamo noi, si segga signorina, dove è diretta?"

"A Londra, sto aspettando la coincidenza."

"Avrà da aspettare, ci sono dei lavori in corso lungo la strada per Londra, i bus non partono di sera."

Laconica.

Che disdetta, le sue amiche l'attendevano.

Tacite assonanze

"Come faccio? Non so dove dormire. Non mi hanno avvertita."

Lo sconforto la colse, piccola indifesa sognante Clara.

"Può provare se alla Locanda hanno ancora qualche posto libero, ma ne dubito, sicuramente si saranno diretti anche gli altri avventurieri che viaggiavano sull'autobus con lei."

"Oddio dove passo la notte!?"

"Non saprei signorina, qui non abbiamo stanze. E tra poco chiudo, lei è l'ultima che servo. Si segga e le porto il suo panino, poi vedrà cosa fare, cerchi con Booking, alle volte sono fortunati e ci sono posti liberi in qualche House qui vicino."

Aveva ragione, prima il cibo, poi avrebbe ragionato meglio. Ora si sentiva troppo fragile, il nuovo carburante le avrebbe fatto bene all'animo.

Il piatto arrivò colmo di fragrante odore di cibo fatto in casa. L'odore del pane vero, cotto al forno e poi tostato, con verdure tagliate finemente ed abbrustolite sulla brace, melanzane, peperoni e pomodori a rondelle sottili, ed una morbidissima e filante mozzarella, sciolta tra la mollica del pane. Era a dir poco squisito, il primo morso le colmò i sensi di soddisfazione e compiacimento per il buono, come il primo sorso di caffè, caldo, nero, amaro al primo sorso ma con un leggero retrogusto di acido per le due gocce di panna amalgamata.

Sublime, la vera delizia del palato per gli affamati.

Fuori arrivò il buio. Ecco ora tutto aveva un umore nuovo, avrebbe cercato una stanza che la ospitasse, una House gestita da qualche anziana bigotta inglese che curava pappagallini in serre di ferro nei giardini di rose in fiore.

Sarebbe stata fortunata anche questa volta.

Avvertì le sue amiche, un messaggio conciso per non preoccuparle, l'autobus aveva avuto un ritardo, avrebbe preso la coincidenza della mattina seguente. Non si preoccupassero, avrebbero avuto ancora tutta la notte del giorno dopo per stare insieme a chiacchierare.

Guardò verso la vetrata, il buio e la pioggia fine che si intravedeva alla luce di qualche lampione vicino.

Il suono della porta la fece girare.

Entrò l'uomo più bello che avesse mai visto. Rosso di capelli, riccio, con una barba rossa che gli copriva la mascella, occhi azzurri intensi come poteva supporre essere il mare caraibico che non aveva mai visto. Era alto e probabilmente muscoloso, spalle ampie coperte da una giacca di pelle, forse da motociclista, con la scritta Triumph stampata sulla manica all'altezza del bicipite ed un foulard rosso a scacchi arrotolato al collo.

Il cuore le fece un tuffo e poi in derapata iniziò a battere furiosamente. Le guance si imporporarono, si pulì frettolosamente la bocca con le mani, non voleva che la vedesse con briciole di pane o salsa in viso. Ma pulita, come si sentiva sempre lei. Pulita e onesta. Pudica e umile. La guardò. La vide. Le fece un cenno di saluto appena abbozzato con la testa, di lato, una frazione di secondo solo, in cui abbassò il capo e lo rialzò. Un secondo per comprendere che la stava notando.

Tacite assonanze

Cosa vedeva? Una giovane seduta compostamente ad un tavolo vuoto con i resti di una cena improvvisata? Accompagnata da uno zaino e da qualche sogno?

Sorrise con tutta la bocca, aprendo il varco a denti bianchi e perfetti, frutto di anni di apparecchi ortodontici, di cui ora ringraziava l'esistenza.

Si sentiva palesemente stordita.

La signora del bistrot arrivò al bancone e lo accolse.

Le sentì dire: "Doctor Henry, il solito?"

Era il medico della città. Un distinto professionista.

Forse poteva chiedere informazioni su dove pernottare, meglio a lui che era rispettato e conosciuto, che ad altri.

Si alzò.

Prese un bel respiro.

Non era solita parlare agli estranei.

Si avvicinò al bancone silenziosamente con lo zaino tra le mani come una piccola barriera protettrice.

Il profumo di uomo le arrivò alle narici. Come un misto di sigaro e benzina, di colonia maschile e salato. Le venne un lieve capogiro.

"Mi scusi se la disturbo…" le usciva una vocina lieve.

"Sì mi dica Miss." La sua invece era profonda e baritonale.

"L'autobus per Londra passa solo domattina."

"Non saprei, non m'intendo degli orari dei mezzi pubblici."

"No no… volevo chiederle un'altra cosa. Mi scusi non mi sono spiegata."

Tacite assonanze


Lui le pose addosso due occhi indagatori, intelligenti e perspicaci. Si sentì l'anima scoperta.

"Mi dica allora? Come posso aiutarla?"

Si protese, mi stava fiutando? E cosa fiutava? Timore, interesse, quella sottile emozione che preannuncia l'intensità della scoperta?

Era questo che si prova quando l'amore si palesa? Quel tormento trepidante, quell'attesa conturbante?

"Io beh, non so dove andare."

Meglio iniziare con i fatti.

"Ha necessità di un ricovero per la notte?"

"Ecco sì, di un ricovero sicuro."

"Posso telefonare alla pensione qui vicina, se lo desidera, e accompagnarla."

Pensione, vecchi, allontanarsi da lui. No non era decisamente quello a cui stava pensando.

"Sì grazie. Non ho molti soldi con me. Spero sia economica."

"Non ne ho idea. Non me ne servo." Asciutto.

Prese il telefono, compose rapidamente un numero.

"Miss Boff? Sì, ha una stanza libera pronta? Sì va bene, arriviamo. Scaldi il brodo di cappone, la sua specialità. Credo che la persona abbia bisogno delle sue attenzioni."

Poi rivolto a me.

"Sì va bene. Ho un posto adatto a lei. Si fida di me?" e mi sorrise. Una fila bianchissima di denti regolari. Una barba rossa in cui intravedevo

Tacite assonanze


fili argentei, due baffi curatissimi, sempre rossi. E gli occhi, sinceri, affabili, comprensivi, azzurri come il cielo.

"Sì." Era l'unica risposta plausibile e vera.

Sarebbe andata con quell'uomo, ovunque.

"Venga, l'accompagno. Qui pago io. Non si preoccupi, domani sarà a Londra con tutti i suoi soldi e questo piccolo incidente, sarà dimenticato."

"Grazie." Ero addirittura commossa, mi tremava lievemente la voce. Possibile che un Dio umile e bello fosse così disponibile nei suoi confronti?

Era quello che aveva sempre sognato, un uomo più maturo, un incontro fortuito, il destino che palesemente lavorava per lei, tessendo la trama della sua felicità. L'amore che si palesava prepotente e subitaneo e desiderava solo il suo compimento.

"Andremo a piedi. È vicino."

La prese per il gomito, sfiorandolo lievemente, le tolse lo zaino dalle manine tremanti e la spinse verso l'uscita come un burattinaio, il burattino.

La strada era buia e deserta. Il freddo la colse, rabbrividì.

"Ha freddo? Vuole la mia giacca?"

"No no non si disturbi."

"Ma sta tremando, ecco prenda, la indossi, è di pelle, la terrà al caldo."

Odore di sigaro e pelle e carburante.

"Grazie." Flebile.

Tacite assonanze

Camminarono in silenzio uno a fianco dell'altra. Davanti a loro si stagliò nella nebbiolina fitta della sera, una dimora antica in perfetto stile inglese, con rose rampicanti nel portico e piccoli gradini che conducevano ad un portone in legno intarsiato. Uno stemma di casato, un leone avvinghiato ad un serpente su colori giallo rossi era incastonato all'entrata.

Suonò.

Non si udì alcun rumore.

Eppure il portone si aprì nella nebbia, facendo sfuggire uno spicchio di luce quasi accecante nel buio della sera. Lo spicchio si allargò, Clara strizzò gli occhi e si abituò. Un odore di pane lievitato, vagamente acido la investì. Odore di pane lievitato e di legna che brucia dentro un camino. Legna buona, pino o castagno, la resina che produce era inconfondibile.

Una signora anziana, paffuta, canuta, si palesò nella luce e negli odori.

"Sir, eccola. Entri, è senza giacca, prenderà freddo."

"Grazie Miss Boff lei è sempre premurosa, e la sua cucina è davvero insuperabile. Cosa ha preparato per noi?"

"Pasticcio di carne, brodo di cappone e crostini di pane fragrante insipido e per ultimo, la crostata fatta con i suoi lamponi."

"Fantastico, le presento la signorina. Signorina? Mi sono reso conto che non so il suo nome."

La guardarono entrambi. Si sentì a scuola, era colpa sua?

"Clara. Clara Freedworth. Di Southampton."

"Bene bene Miss Clara, cosa la conduce qui nella brughiera?"

Tacite assonanze

"Mi aspettano a Londra, al college. Le mie amiche. Ho superato gli esami con lode."

"Una studentessa. In cosa?"

"Architettura e design."

"Fantastico, un'artista. Ecco perché le unghie mangiate ed il pollice lievemente annerito. Carboncino o matita?"

"Oh ma come fa? Carboncino. Ma sono privati, non li mostro."

"Sì certo. Non vorrei niente che lei non volesse per prima."

Il sangue le salì alle guance. Cosa poteva chiedere per prima?

"Ma questa non è una pensione. Vero?"

"Sì tesoro, per carità celeste, certo che no. Questa è la dimora del Conte Henry. La dimora primaverile."

"Sono a casa sua." Lo guardai. Mi amava forse anche lui.

"Sì, non ho indirizzi di pensioni, tantomeno a buon mercato. Ma la dimora è attrezzata con molte camere per gli ospiti, assolutamente indipendenti, alcune riscaldate da camini imponenti. Ora è sera, ma domattina se vuoi prima che tu parta, ti farei vedere il giardino ed i dintorni, sono di una bellezza disarmante. Veramente inglese." Mi dava già del tu, allora forse non voleva partissi, desiderava ancora del tempo per noi.

Ne ero lusingata.

"Certo, mi farebbe piacere. Quindi ceneremo insieme? E ora mi mostrerà la mia stanza?"

Tacite assonanze


"Sì brava ragazza, è ragionevole. La Sig.ra Boff ti mostrerà la camera lavanda, credo sia la più bella, per una signorina bella come lei. Potrà riposarsi e prepararsi per la cena. Troverà ogni confort."

"Grazie, non posso che dire questo, immagino."

Mi fece una carezza con lo sguardo, percorrendomi tutta.

Seguì la sagoma appesantita della domestica.

Salimmo le scale e mi aprì la porta di una stanza enorme, color lavanda, con un letto imponente a baldacchino su cui troneggiavano candidi cuscini panna.

Era a dir poco suggestiva. Una finestra inglese a piccoli rettangoli dominava un'intera parete. Fuori forse dei salici ondeggiavano al vento.

"E' di suo gusto Clara?"

"Sì, sì certo. È meravigliosa davvero grazie. Siete gentilissimi."

"Piccina dovere. Ora riposa, il conte ti attenderà per le ventuno in sala da pranzo."

E garbatamente si portò la porta dietro di sé.

Tacite assonanze

## CAPITOLO OTTAVO

Clara era stordita, ma entusiasta.

Si era innamorata di un conte, e forse era riamata con la stessa intensità.

Lui l'aveva come rapita alla realtà e condotta nel suo palazzo. Lì sicuramente le avrebbe dichiarato il suo amore prima che ripartisse, ed era nobile come il Blue Prince che attendeva.

Eccolo era lui. Era arrivato finalmente. Era contenta di essere vergine. Lui certamente avrebbe apprezzato.

Appoggiò lo zaino sul letto candido.

Un buon odore di fiori le arrivò alle narici. Sotto un altro odore, un profumo di donna, forse Chanel. Non se ne intendeva. Sicuramente era stata la camera di qualche sua amante. Ma era c'era lei. La camera era per lei.

Appoggiò la sua giacca con cura sulla poltrona con grandi stampe di rose rosse e la gonnella ai piedini di legno. L'appoggiò con cura, adagiandola e accarezzandola.

Poi si tolse le tennis bianche.

Erano scarpe da supermercato. Forse ora avrebbe dovuto indossare del decolté. Come le signore.

Slacciò la cintura di stoffa dell'abitino. E la lampo sul fianco. Poi lo sfilò goffamente dal collo.

Indossava solo una canottiera e degli slip bianchi di cotone. I piccoli seni erano ingentiliti da capezzoli di ragazza. Come la coppa di champagne diceva sua nonna. Desiderava un bagno caldo. Era sola.

Tacite assonanze

Poteva indulgere sul suo corpo. Anche se un pizzico di vergogna era sempre in agguato. La nonna la rimproverava sempre che le brave ragazze non si specchiano nude.  Ora però stava per avere un amante, forse. Lui sicuramente avrebbe voluto baciarla, quindi era necessario che si mirasse. Si levò la canottiera e le mutandine, velocemente. Era nuda. Un istinto la portò alla grande vetrata. Fuori sembrava freddo. Forse specchiarsi nella finestra piuttosto che nello specchio era meno disdicevole.

Arrivò di fronte alla finestra. Le gambe lunghe, la vita stretta, i piccoli seni coperti dai lunghi capelli. E la peluria bionda che nascondeva il suo sesso. La sfiorò riflessa. Poi levò lo sguardo, i salici ondeggiarono furibondi. Un tuono squarciò l'aria. Il riflesso raddoppiò. Dietro di lei c'era una donna mora senza braccia e senza gambe. Con uno squarcio nel petto e grossi seni deformi. Gli occhi pieni di lacrime, blu, erano sbarrati. Come la bocca in un urlo inespresso.

Gridò forte. Il grido uscì da lei e rimbombò nella stanza.

La porta si spalancò quasi all'istante. Entrarono correndo il conte e la domestica. Clara continuava ancora ad urlare, impietrita. Non si era accorta della sua nudità.

Le braccia di lui la scossero. L'avvolsero, girandola alla finestra, traendola contro il suo petto.

"Cosa succede?" gridava la Sig.ra Boff.

"Niente niente, ci lasci. Ci penso io a calmarla. È una bambina, si sarà spaventata di un riflesso nella brughiera. Ci penso io, vada, per favore."

La domestica si ritirò.

Tacite assonanze

Clara continuava a singhiozzare. Si rannicchiò tutta nel corpo di lui.

"Ho ho visto una donna. Era terribile. Una donna mora. Oddio non aveva le braccia e neanche le gambe. Era nella finestra dietro di me. O mio Dio. Mi ha spaventata a morte. Mi dispiace."

"Su venga, la copro. Non è nulla, magari un riflesso nel bosco, tante emozioni. Se vuole le do un calmante. Ti sentirai meglio."

"Era terribile, sono terrorizzata. Non voglio muovermi. Ho paura."

Lui la strinse di più, assaporò la pelle morbida sotto i polpastrelli. La vita la schiena, cominciò ad accarezzarla piano, lievemente.

Le scostò i capelli biondi dal collo, raccogliendoli come una coda dietro alla nuca. Liberò e scoprì i seni da ragazza. Come erano sodi e freschi. Le asciugò le lacrime dal volto.

"Su piccolina, non è nulla, sei tutta agitata. Tutta sudata."

Le sussurrò all'orecchio. Lei era alta anche senza scarpe, arrivava alla sua bocca. Le depose piccoli baci sulla fronte, fece scendere le dita al collo, alle spalle e le catturò un piccolo seno. Riempiva tutta la sua mano. Continuò a baciarla in volto, gli occhi, le guance, il naso. Con l'altra mano le afferrò i capelli e li tirò lievemente verso il basso, il suo volto si protese a lui e la bocca si aprì. Era docile, continuava a singhiozzare con gli occhi chiusi. La mano sul seno lo massaggiò morbidamente, il pollice e l'indice catturarono il capezzolo, era piccolo e turgido.

Le baciò lievemente le labbra, lei aprì la bocca e concesse il varco. Sembrava inesperta. Il suo sesso esplose e si gonfiò rapidamente. Avrebbe voluto aspettare ma era impossibile, doveva possederla, ora.

Tacite assonanze

Infilò la lingua e con l'altra mano cercò il varco del sesso inesplorato.

Nulla era più ammaliante dell'esplorazione vergine.

Sapere che era forse il primo di un corpo giovane ed immaturo e che solo lui avrebbe potuto farla maturare al piacere dell'orgasmo.

Era pelosa.

Lei smise di singhiozzare. Le uscì un piccolo suono strozzato di piacere dalla gola. Piccola ninfomane libidinosa. Le piaceva allora godere. Forse aveva inscenato quella pantomima per farsi trovare nuda. Streghetta fantasiosa.

La prese in braccio, lei allargò le gambe e le avvolse alla sua vita con un piccolo salto da ginnasta. Era fradicia. La sorresse dalle natiche lei si arpionò al suo collo. Ora lo baciava interamente con tutta la lingua dentro la sua bocca. Era inesperta, avida, una ingorda di sapori.

La buttò sul letto, tutta aperta, nuda, il sesso bagnato già voglioso.

Non si copriva. Alla fine non era così pudica come appariva.

Anzi sembrava la solita vacca.

Con le braccia aperte sopra la testa, i capelli sparsi sui cuscini, i seni rigidi eretti.

Aprii i pantaloni, dovevo liberarmi. Abbassai gli slip, grondavo.

Sarei esploso a breve. Le puntai il grosso uccello rigido diretto alla sua entrata nuda. Le labbra si aprirono per me, lo impuntai e spinsi. Che fica stretta, mi faceva godere anche solo se respirava.

All'improvviso i quadri interi della stanza, caddero all'unisono. Un frastuono assordante, vetri rotti dappertutto. Lei sobbalzò nel letto. Io persi l'erezione. Il camino si accese. Si accese da solo.

Tacite assonanze

La fiamma divampò fragorosa. C'era Anna. Anna era alla finestra.

Anna, cosa ci faceva alla finestra?

La ragazza sotto di me seguì il mio sguardo. Spalancò gli occhi e la bocca, la vedeva anche lei. Stava per urlare.

Le diedi un ceffone fortissimo. Non volevo arrivasse la sig.ra Boff a vedermi così con i pantaloni calati.

Lei si riscosse, si rannicchiò in un angolo del letto.

Piangeva copiosamente.

L'erezione era totalmente sparita, il mio membro penzolava desolato.

"Vestiti. Sei indecente, così."

E me ne andai.

## CAPITOLO NONO

La ragazza era molto giovane, molto bella. Eterea.

Avrebbe voluto sfiorarla, ma come poteva, non aveva più le braccia.

Uno strano prurito aveva preso il loro posto.

Fluttuava. Non erano necessarie le gambe. Ma le braccia! Anche solo per scostare i capelli dal volto o ravvivarli. Sarebbe stato duraturo? Sarebbero ricresciute? Non era pratica di questa nuova forma. Sapeva che poteva manifestarsi e muovere gli oggetti. Il gioco dei quadri era stato davvero azzeccato. Lui era rimasto molle. Fece una risatina, era ancora una donna ricca di humor. Come avrebbe fatto a toccarsi? A dire il vero le avevano fatto molta invidia. Stavano copulando come conigli in calore, e lei? Senza le braccia, non poteva permettersi neanche una carezza!

La giovane donna si era innamorata, era alla prima esperienza, lo capiva da come lo baciava. Ora si stava rivestendo, si era sciacquata il volto, forse voleva andarsene.

Anna pensò di spostare una sedia. Forse una sedia era troppo vistosa, si sarebbe messa di nuovo ad urlare come un'aquila.

Allora una spazzola. Quella della toilette.

Era di madreperla, chic come ogni dettaglio in quel santuario di morte.

Erano stati bravi a pulire il suo sudario, ora l'odore era decisamente diverso.

Mosse la spazzola di qualche centimetro. Ci riusciva!

Tacite assonanze

La mosse fino al bordo della toilette, mancava pochissimo, ecco il tonfo. Lei si girò. Era distratta, cosa aveva in mente? Raccolse la spazzola. Poteva mostrarsi nuovamente allo specchio, piano senza spaventarla. Certo senza braccia, bianca come un cadavere, nuda e con lo squarcio nel petto… era difficile non sembrare inquietante.

Le luci si spensero. Improvvisamente. La ragazza mandò un piccolo singulto, come un vagito. Ora era spaventata lei. La porta si aprì. Anna non voleva guardare, eppure i suoi occhi erano incollati. Doveva sapere.

Lui entrò. Era alto e forte come ricordava. Con quelle spalle grandi e muscolose. Era nudo completamente. Con l'uccello eretto. Lo schifoso, era un sadico.

Nudo eccetto la solita calza sulla testa.

La ragazza si fece indietro e batté su una colonna del letto a baldacchino. Stavolta non vedeva coltelli.

Era sorpresa, immaginava ci sarebbe voluto più tempo, dopo cena almeno. C'era un certo savoir faire a morire dopo un buon pasto e con un orgasmo guadagnato. La poverina moriva vergine e a digiuno.

Lui le balzò addosso, aveva una siringa piena, gliela infilò nel collo ed iniettò. La giovane piombò in un sonno istigato.

Lui se la caricò in spalla, lei era un corpo inerme.

Ineluttabile la fine. Ma voleva vedere dove la portasse.

Scese le scale, era ancora buio, evidentemente conosceva bene la casa. Lo seguì.

Tacite assonanze

Piccola cara, sballottava la testa dai lunghi capelli a destra e a sinistra, alcune ciocche toccavano le gambe dello schifoso.

Forse poteva aiutarla?

Forse.

In verità era più sostanziale per lei adesso scoprire la verità.

Tutti moriamo.

Era una giusta vendetta nei confronti della gioventù.

Quella che aveva perso.

Lui aprì una stanza, la luce qui era accecante.

Era un laboratorio.

Da medico o chirurgo.

Appoggiò la ragazza su un lettino da sala operatoria.

Le legò il busto c la testa con legamenti da sala operatoria.

Poi prese quattro lacci emostatici e li avvolse, due, all'altezza dei bicipiti e, due, all'altezza delle cosce.

La tagliava.

Le adagiò una mascherina alla bocca, era certamente sonnifero. Forse aveva il pudore di non operarla da cosciente.

Si lavò le mani ad un lavello con della soluzione disinfettante. Indossò dei guanti chirurgici.

Le tagliò i vestiti e se ne liberò. Tutto tranne le scarpe.

Era nuda.

Prese una fresa chirurgica ed iniziò a tagliare il primo braccio.

Eseguito il taglio era completamente ricoperto di sangue.

Suturò i tessuti e li cicatrizzò. Il sangue smise di zampillare.

Tacite assonanze

L'arto giaceva a terra. La ragazza si mangiava le unghie e sul pollice aveva un po' di smalto rosa residuo.

Passò alla gamba. Aveva il fiatone, il suo petto si alzava e scendeva.

Lo schifoso aveva sempre l'uccello eretto.

La gamba cadde a terra.

Un bel tonfo deciso. Carine le tennis bianche. Da adolescente.

Suturò, cicatrizzò. Era metodico. Non voleva ucciderla. Solo amputarle gli arti. E poi?

Perché lei era morta?

Ora gli altri due arti, erano trascorse ore. La pratica era inframmezzata da boccate di sonnifero. Era stato un signore, forse non desiderava le urla della piccina.

Aveva finito.

Attaccò una soluzione di antidolorifico e fisiologica al moncherino della giovane e per ultimo le tagliò i capelli. Un bel taglio invero, corto, comodo, con una frangetta sbarazzina. Le pulì la faccia dagli schizzi di sangue.

Pulì il resto del corpo. Purtroppo aveva fatto un vero macello, il sangue era dappertutto, impregnava con il suo odore ferreo la piccola stanza.

Grosse chiazze già coagulavano a terra. Non aveva mai visto macellare gli animali, ma supponeva che fosse analogo. Forse non veniva usato il narcotico.

La ragazza era stesa ancora sul lettino. Nuda senza gli arti.

Sbloccò il lettino. Si diresse ad un'altra porta. L'attenzione di Anna si ridestò.

Tacite assonanze

Lui si avvicinò ad una porta, non l'aveva notata prima. Era una porta con le serrature per le celle frigorifere. Defilata dietro a dei carrelli di arnesi chirurgici esposti in ordine su un letto di panni sterilizzati.
L'aprì.
In verità non era freddo. Entrò con lui. C'era una piccola lampadina appesa. e tanti lettini disposti concentricamente.
Su ogni lettino erano adagiate e legate meticolosamente i busti vivi di molte donne.
Erano nude. Avevano bei visi, pallidi, terrorizzati, con zigomi pronunciati, rossetti vivi alle labbra, ombretti e mascara agli occhi, eyeliner alla moda, pettinature semplici, alle volte anche i capelli raccolti in code vezzose. Erano vive. Non avevano braccia, né gambe. Erano tutte nude, sdraiate sui lettini.
Le contò rapidamente, forse una trentina, forse di più. Un conato acido le salì alla gola. I morti, vomitano?
Lui fece posto. Le accarezzava, sussurrava loro dolci parole, le chiamava per nome. Ne spostò due. Era ordinato.
Ti toglierai la calza, maledetto.
Perché non lei. Perché lei era morta?
Ritornò al lettino di Clara.
Era ancora narcotizzata.
Lo spinse dentro.
La presentò.
Anna sentì ancora un eccesso di bile salirle in gola.
Mise il lettino in mezzo al cerchio delle amputate.

Tacite assonanze

Si prese l'uccello e penetrò Clara.

Anna si vomitò addosso. Il vomito uscì in un unico violento conato e si sparse sul seno e sulla ferita.

Caldo. Stranamente. Non era morta?

Godette subito, lo schifoso, urlò affondando violento l'uccello nel sesso inesperto di lei. Eiaculò palesemente soddisfatto.

Anna si guardò attorno. Alcune donne erano gravide.

Non poteva vedere altro.

Se ne andò.

Era triste, desolata. Anche lei che di brutture ne aveva viste e vissute molte, non poteva immaginare una tale barbara immondizia umana.

Tacite assonanze

## CAPITOLO DECIMO

Helena si allacciò le stringhe degli stivali. I muscoli guizzarono felicemente. Atletica e snodata non ammetteva repliche. Era una dura. Una wrestler.

Molti supponevano che il wrestling fosse uno sport per attori, invece era una dura disciplina di lotta, quasi acrobatica. Per prepararsi aveva subito un durissimo allenamento di boxe e cadute, sumo e lotta americana. Aveva vissuto due anni con un circo equestre si era lanciata dal quadrilatero per afferrare il trapezio e più volte era caduta nella rete di salvataggio senza fiato. Ma si era sempre rialzata. E ora a trentadue anni era Campionessa Inglese di Wrestling femminile. Purtroppo il wrestling non aveva più i seguaci di un tempo, da stadio di 40000 persone si era passati a 400 spettatori urlanti. Lei era soddisfatta ugualmente. Il suo personaggio era Wira, la Vichinga. Indossava un costume di scena d'orato con un lungo mantello e un'ascia come arma che naturalmente lasciava all'arbitro prima di salire sul ring. Era leale, non le avevano mai trovato nulla addosso durante la perquisizione prima dello start d'incontro. Ed era sempre stata ai patti, se doveva perdere per far crescere la notorietà del suo personaggio, lo faceva ad arte e sempre senza eccedere. Wira, era un personaggio amato nei circoli di wrestling.

E così doveva mantenersi.

Salì in moto. Adorava le moto italiane, la sua era una bella Ducati 916 sps. Rossa ovviamente, monoposto. Con il codone affusolato con la banda centrale rossa ed i laterali bianchi e l'immancabile adesivo Superbike e Campioni del mondo.

Era un pezzo raro, lo aveva acquisito a Milano, anni fa, con pochissimi chilometri, completamente originale, ancora con il marchio dell'elefantino Cagiva, della fabbrica poi bruciata, che spostò la produzione a Bologna, rendendo nota la famosa azienda di Borgo Panigale. Purtroppo ogni tanto, soprattutto quando la puliva, si appannavano i gruppi ottici, gli occhi di gatto, disegnati da Mr. Tamburini, ingegnere che la progettò. L'unico difetto, per il resto non solo aveva una linea sensuale e moderna, pur essendo stata fabbricata nel 1997, ma era ancora velocissima con i suoi quattro iniettori che pompavano nelle due valvole. Un motore desmodromico non ancora testarossa, ma performante e potentissimo, che teneva testa a moltissime supersportive.

Infilò il casco e abbassò la visiera. L'aspettavano a Londra per pranzo.

Accese il motore, ecco il famoso sound cigolante dato dalla cinghia di distribuzione, esaltato dai Termignoni in carbonio.

Ingranò a prima, e partì.

La strada era piena di bellissime curve, per questo aveva scelto la moto per andare a Londra. Conosceva molto bene quella strada ed era esaltante per una motociclista agile e snella come lei.

L'unico neo era da sempre costituito dalla pioggia. Aveva scelto infatti degli pneumatici giusti, le Pirelli Diablo Rosso Corsa erano adatte all'asfalto freddo e a volte scivoloso.

Tacite assonanze

La strada era deserta, eppure era estate. E ancora pioveva, non si sarebbe mai abituata al tempo londinese.

Sentì un rumore tondo e rombante raggiungerla, un'altra moto certamente.

La vedeva nello specchietto, una naked.

Si avvicinava.

Lasciò che si avvicinasse, aveva desiderio di un duello motociclistico, spezzava la monotonia di una strada deserta.

Eccolo.

Era un maschietto su una stupida Triumph nera.

Quelli indossavano degli occhialoni che avrebbero dovuto coprirli e proteggerli da aria ed insetti, con i caschi aperti ed un fazzoletto sulla bocca. Ma cosa poteva proteggere un fazzoletto?

Lei sceglieva solo caschi integrali e tute integrali con le protezioni per la schiena. Non a caso era velocissima. Perché si sentiva sicura ed imbattibile.

Vieni vieni con la tua mezza moto…

Ingranò la quinta ed accelerò. Lo perse immediatamente. Alla prima curva, scalò, lo attese. Eccolo, non mollava, aveva accelerato anche lui. La moto in effetti doveva essere di ultima generazione perché sembrava avere un'ottima coppia ed una buona cavalleria.

Sarebbe stato divertente.

Proseguirono per qualche curva a rincorrersi, la strada era veramente deserta. Su un rettilineo lo staccò nettamente. Ma la pioggia la spingeva a rallentare. Ora si era accentuata. Scalò, meglio non rischiare. Lui la superò.

Pazienza. L'incolumità della sua moto, in primis.

Curvò ancora poi notò un rivolo di fumo salire dalla strada.

Il motociclista era a terra.

La moto era fumante a qualche kilometro, stesa anch'essa.

Deficiente, era evidentemente scivolato.

Si fermò.

Scese e si avvicinò al motociclista.

Era prono.

Gli toccò una spalla.

"Mi aiuti a togliere il casco, sono un dottore."

"Sì subito."

Si aprì la visiera, con la pioggia già non vedeva più nulla.

Lo girò. Veramente non avrebbe dovuto, non si spostano i corpi incidentati. Ma se era un dottore…

Gli slacciò il casco e abbassò il foulard.

"Mi tolga gli occhiali ed il casco, per favore. Sto bene non si preoccupi. Ero protetto."

Helena fece cenno affermativo. Procedette.

"Meglio, grazie. Ora respiro."

"Mi aiuti ad alzarmi per favore."

"Non credo di riuscire, lei peserà almeno 90 kilogrammi. Io solo 60 kilogrammi."

Tacite assonanze

Aveva imparato da sempre a non esporsi mai per prima. Così si vinceva sul ring. Volando da piccioni e attaccando come aquile.

Gli fece da bastone e lui si sollevò.

Era alto come immaginava, forse anche un metro e novanta, ben piazzato, spalle larghe, barba rossa.

Un bell'uomo.

"Sto bene."

"Riesce a portarmi a casa? Non sono molto distante. Vivo a Brungenwald."

"Ma lasci qui la Triumph?"

"Se mi aiuti la tolgo dalla strada. Poi la prenderà il mio meccanico."

"Ok."

Alzammo la moto a fatica, pesava circa 190 kg, e la conducemmo a spinta fino al bordo della strada.

"Riesci a portarmi? Sembra una monoposto."

"Infatti no, non riuscirei, il telaietto è fragile, ti appoggeresti sugli scarichi riscaldandoli troppo. Posso andare però in città a chiamare un aiuto per te."

"Mi fa male la spalla. Non è vero che non mi sono fatto niente. Ti rimborserò ogni eventuale danno."

"I danni sulla mia moto non sono rimborsabili. E poi non ti ho detto io di accelerare come uno sconsiderato."

"Aiutami, per favore, voglio stendermi e prendere un antidolorifico. Domattina mi farò fare una radiografia."

Tacite assonanze

"ok puoi sederti sul bordo esterno della sella. Fortuna vuole che io sia minuta e non la occupi tutta. Mi spingerò sul serbatoio, dovremmo starci. Per la mancanza delle pedaline, ti devi arrangiare, ma per favore non stare con le gambe penzoloni, io non ho uno scooter."

"Potrei appoggiare gli stivali al traliccio."

"non vedo altra soluzione. Sappi che mi dispiace, lo faccio solo per solidarietà."

"Ok grazie allora, sei una brava ragazza."

"Sali dai, indossa il casco allacciato."

Salimmo entrambi, miracolosamente funzionava.

Andai piano, non superai i 60 km/h.

Brungenwald era vicina, 20 km poco più. Vedevo già i primi insediamenti alla quarta curva.

Gridai per farmi sentire sopra i Termignoni: "Dove ti devo portare?"

"Alla casa in fondo alla strada, la vedi, ha gli stemmi del mio casato ed è circondata dalle rose."

Era vero, eccola. Bella House in stile Vittoriano, tipicamente inglese.

Arrestai la moto davanti al portone di legno.

"Eccoci il servizio taxi è arrivato a destinazione."

Lui scese.

Non spensi la moto. Volevo proseguire.

"Puoi scendere per favore? Mi servono i tuoi dati per l'assicurazione."

"Come? Anche? No dai… io devo proseguire, non mi interessano i tuoi risarcimenti. Sei ricco, è evidente. Ricomprati la moto, probabile sia da buttare."

Tacite assonanze

"Appunto, per favore, sii collaborativa, se dichiari che eravamo vicini e sono uscito di strada dentro i limiti di velocità e per causa dell'asfalto bagnato, probabilmente l'assicurazione mi risarcisce il danno. Mi servono solo i tuoi dati, poi ti contatterà la mia segretaria. Questione di cinque minuti."

"Certo che sei insistente. Va bene cos' la moto si riposa. Hai dove ricoverarla all'asciutto? Altrimenti non mi fermo, se resta sotto la pioggia."

"Ma sì certamente, ho il garage. Asciutto e caldo. Anche per fare riposare pneumatici e motore."

"Va bene allora."

"Te lo mostro, seguimi."

Salii in moto ancora, abbassai la visiera, ormai non si vedeva più nulla. La pioggia era battente. Santo cielo, era estate!

Il garage era a pochi metri, lui aprii le porte e mi fece cenno di parcheggiare nel posto moto. Insieme alla moto erano ricoverate due Bentley e un Porsche 996 veramente molto affascinante, bianco con le bande azzurre.

"Puoi lasciare il casco sulla moto."

Mi tolsi il casco.

I miei lineamenti erano decisi come la personalità. Sapere di piacere ai maschi. Occhi neri, sopracciglia folte nere e capelli miele raccolti in una lunga treccia. Ero la Vichinga.

Nel wrestling se sei bella, ottieni i personaggi migliori.

Tacite assonanze

"Vieni, forse un the caldo, ti rasserenerà. Oppure del brodo caldo. La mia governante cucina un brodo di cappone, fantastico."

"Va bene il brodo, grazie."

Lo seguii in casa.

Mi condusse ad uno studio.

"Vuoi toglierti la tuta?"

"Sì va bene, sotto ho la calza maglia e la maglietta. Ok."

"Dove?"

"Dove vuoi. Ho cinque camere per gli ospiti e cinque bagni."

"Se mi dai una stanza, qui diventa lunga la faccenda. Indicami il bagno di servizio oppure me la tolgo qui nello studio e facciamo prima."

Ero abituata a spogliarmi davanti agli uomini, nel wrestling spesso le gare erano promiscue e gli spogliatoi unici per carenza di fondi.

Mi slacciai la giacca e cominciai a levarmela.

Lui sembrava disinteressato, stava rovistando nei cassetti di una scrivania in mogano.

Tolsi gli stivali e sfilai la tuta. Poi rimisi gli stivali. Sotto indossavo una tuta aderente in kevlar. Molto comoda.

"Sei muscolosa."

"Come molte."

"Brodo? E poi la dichiarazione. Così mi cambio anch'io, sono tutto bagnato."

"Sì va bene."

"Ti lascio nelle abili mani della signora Boff. Io vado di sopra a indossare una tuta e sono da te."

Tacite assonanze

Comparve una Signora attempata, grassoccia, che camminava male, forse aveva il legamento del ginocchio liso o curato, comunque dolorante.

"Avete preso freddo, là fuori."

"E' estate, incredibile la brughiera."

"Venga in cucina. Le servirò qualcosa di caldo. Starà bene dopo."

La cucina era enorme, con una vistosa vetrata sul giardino.

La luce entrava copiosa, riflettendosi sui tegami di acciaio appesi. Un bel tavolo bianco e due panche troneggiavano al centro. Mi sedetti.

"Ecco, beva."

L'odore era fantastico, di carne cotta per ore a fuoco lento per catturarne il grasso e la cartilagine. Un concentrato di proteine.

Bevetti, sentivo il liquido caldo scorrere giù per la gola, allo stomaco. Ero un pochino stanca, in effetti. Mi girava la testa. Forse avevo esagerato a fare anche footing stamane per tutti quei kilometri, quasi 30 km, anche se di piano, era un bello sforzo. Mi girava la testa.

"Scusi, posso avere dell'acqua."

La bocca mi si era ingrossata, vedevo doppio, sembravo ubriaca.

Ma prima stavo bene. Cosa c'era nel brodo? COSA MI HA MESSO NEL BRODO? Mi alzai, non riuscivo a parlare, girava tutto, girava tutto, girava tutto.

E poi fu buio.

Tacite assonanze

## CAPITOLO UNDICESIMO

Anna vide la bionda cadere a terra.

Fece un bel botto.

Era meno ossuta delle ultime tre.

Anzi sembrava muscolosa e tonica.

Ormai era caduta in una sorta di apatia. Non aveva più frequentato la stanza degli orrori. Provava a spaventarle, qualcuna annusava la paura e tentava la fuga. Ma lui le riprendeva sempre. Ora aveva cominciato a drogarle. Eliminava il problema della fuga.

Immaginava volesse sbarazzarsi di lei, era pentito di averla uccisa.

Quando avesse saputo dove fosse il suo corpo, allora sarebbe andata via per sempre. Era schifata. Meglio finire all'Inferno.

Eccolo era arrivato, aveva sentito il tonfo.

La prese in braccio. Stavolta come una donna, non come un sacco di carne pronta al macello.

Non era nudo, aveva però la calza sulla testa. La Sig.ra Boff era sparita.

Indossava una tuta leggera di cotone ed una T-shirt.

La condusse al primo piano, aprii la stanza lavanda, quella con il letto a baldacchino. L'adagiò sul letto, al centro.

Dalle tasche della tuta, prese altre calze e cominciò a legarla ai bordi del letto. Mani e piedi. Questa era diversa. Aveva stimolato la sua fantasia.

Prese le forbici e tagliò il kevlar. La liberò, lasciandola il reggiseno e mutandine.

Tacite assonanze

Era davvero molto muscolosa. Era asciutta e tonica ma con tutti i muscoli ben delineati.

Sicuramente era una sportiva.

Si lamentò, stava risvegliandosi.

"Dove sono? Cosa è successo? PERCHE' SONO LEGATA!"

"Non devi temere, ci divertiamo, poi ti lascio andare."

"MI FANNO SCHIFO GLI UOMINI! LASCIAMI SUBITO!"

Una lesbica, qui cominciamo a divertirci.

Sembrava attonito, rimase fermo un secondo. Non aveva mai sentito quella voce prima dall'uomo della calza. Anna non aveva mai sentito quella voce. Sembrava una vocetta puerile. Diversa.

Questa era una tosta, lo aveva intimorito, forse.

Sembrava anche vagamente inchiattito, meno robusto del solito, forse più basso.

Anna decise di aiutare la ragazza, slegò una calza, solo parzialmente, lei tirando avrebbe fatto il resto. Una della caviglia sinistra. Lei si accorse del gioco che le era concesso sulla sinistra.

"Vieni vicino, non sento. Cosa vuoi da me?" Lui si avvicinò.

Allora la vedetti trarre aria nei polmoni, stringere gli addominali e sferrare un calcio poderoso a gamba dritta diretto alla testa di lui.

Lo colpì, la sorpresa e la forza immessa l'avvantaggiarono, lui perse l'equilibrio e batté contro l'altro bordo del letto, completamente sbilanciato.

Anna decise di slacciare anche l'altro piede. Qui si sarebbe divertita finalmente.

Tacite assonanze

Allora la biondina si rannicchiò a uovo e calciò a piedi uniti direttamente sulla faccia di lui. Lo colpì pienamente e volò fuori dal letto per terra. Un grosso rivolo di sangue chiazzava la calza all'altezza del naso. Finalmente vediamo il tuo di sangue, porco.

Lei si rannicchiò ancora a uovo e raggiunse la calza che legava il braccio sinistro. Introdusse il piede e tirò tanto, allargando la calza, da poter liberare la mano. Lui si era rialzato.

La fissava dal bordo del letto, in piedi, completamente stupefatto.

Stupido essere umano. Pensavi di essere invincibile?

Lei ghermì con entrambe le mani il palo del baldacchino che inchiodava l'ultimo polso, fece leva per le gambe e sferrò un altro calcio, diretto allo stomaco. Sentii nitidamente l'aria e la saliva che uscivano dalla bocca di lui. Era troppo facile…

Si rannicchiò per riprendere fiato, ora aveva capito, che l'avversaria era migliore delle altre.

Lei liberò l'altra mano. Forse si era ferita al polso sinistro, ma non si fermò. Si mise subito eretta, allontanandosi dal soffice materasso, e cercando il duro del pavimento.

Strinse i pugni. E cominciò a saltellare. Era una boxer. Fantastico!

Si avvicinò a lui a piedi divaricati, saltellava ma si capiva che era piantata a terra. Fece partire un jab sinistro ed un diretto destro, mascella e zigomo di lui, che perse l'equilibrio e barcollò indietro.

Poi si avvicinò proteggendosi il volto con i pugni e chinandosi, un uppercut diretto allo stomaco.

Lui si chinò in terra, accovacciato.

Tacite assonanze

Allora fece qualcosa che avevo visto solo agli incontri di wrestling, fece un salto verso l'alto, piroettò per franare con il gomito teso, dentro lo stomaco di lui a terra. Cominciò a tossire.

Lo teneva a terra. Saltò ancora in alto per franare con entrambi i piedi tesi per colpirlo con i talloni e tutto il peso del suo corpo.

Scelse il pube.

Lo aveva messo ko.

Lo sentivo frignare come una bamboletta. Si teneva pancia e pisello. Uno spettacolo ripugnante.

Dovevo avvertire questa dea delle altre, perché le liberasse, o le uccidesse o entrambe le cose. E che scoprisse il mio corpo.

Sentimmo dei passi.

Poteva essere la Sig.ra Boff.

Lei si nascose dietro alla porta. Era furbissima.

La porta venne spalancata. Era Henry, barba rossa, occhio azzurro. Non c'era alcun dubbio.

Ero scioccata. Avevo sempre supposto che fosse stato lui, e invece no.

"Cosa fai, idiota! Alzati! Dov'è la ragazza? Ti avevo detto che era un azzardo, si capiva che era tosta."

Chi era l'uomo a terra. Si conoscevano.

"Togliti la calza scemo, non si capisce cosa dici e poi non respiri. Tu ha rotto i denti! Perdi sangue!"

"E' wi, è WI ero a orta!"

"Cosa dici cretino, togliti questa calza, te le ha date come fossi un ragazzino imberbe!"

Tacite assonanze


Henry si chinò su di lui, e lo liberò della calza.

Era il meccanico! Il meccanico che aveva preso la mia macchina, la Smart da aggiustare!"

La rabbia che mi montò era insanabile.

Fetida feccia, eravate complici!

Mi sono sempre chiesta come mai la polizia non mi avesse mai cercata.

Il meccanico indicò dietro Henry.

C'era la lottatrice, era pronta. Girò si sé stessa a gamba tesa e colpì Henry al collo. Lui franò di lato.

Poi gli prese la testa tra le cosce e lo ribaltò su sé stesso, sfruttando il suo peso. Il tonfo sul pavimento, fu quello di un quarto di bue sul banco del macellaio.

Henry era a terra, supino.

Lei si chinò di fianco e ancora gli piantò il gomito diretto allo stomaco.

Poi si rialzò e lo calciò a piede laterale, sul fianco esposto.

Era un vero sacco. Prese la sua testa e la batté con forza sul piede di legno del letto a baldacchino. Un rumore di legni contusi riecheggiò nel silenzio.

Aveva il vantaggio, poteva scappare.

Su forza, vai.

Vide il telefono, lo alzò e compose il numero della polizia locale, 111.

"Sono alla casa del Sig. Henry, va a fuoco, presto venite in forze, si sta propagando un incendio."

Questa era veramente la capostipite di una razza superiore.

Scese di sotto.

Tacite assonanze


Si sentivano le sirene, in lontananza, era tutto finito.

Avrebbero scoperto tutto.

Le donne, gli omicidi, le brutalità, le sevizie.

Ecco la volante. Stava parcheggiando. Scese il poliziotto,

"Signorina, abbiamo ricevuto una chiamata urgente, denunciava un incendio, io però non vedo fiamme, e ce lei in biancheria. Dov'è il conte?"

"Le spiego tutto. Sono in biancheria perché mi hanno drogata e mi volevano violentare e poi chissà cosa."

"Dove sono? Erano in più di uno?"

"Sì in due, li ho picchiati per bene. Sono ko. Questo Henry e un altro, mai visto. Al piano superiore."

"Il poliziotto fece segno al suo compagno di scendere."

Erano forti, allenati, alti. Ebbi un terribile dejà vu. Mi salirono le lacrime, lo riconobbi.

Lui mi aveva uccisa.

"Signorina, si avvicini, ora la proteggiamo noi."

NOOOOOOO

DEVO AVVERTIRTI!!! NON ANDARE!!! SONO LORO!!! LORO. TUTTI LORO!!!!!

Feci partire la sirena della macchina.

Lei si fermò. Era di nuovo in allarme.

Mossi la macchina in avanti per frapporla tra loro e lei.

"Cosa succede? Hai tolto le chiavi?"

"No, cioè sì, ho messo il freno a mano. Non so come si è mossa."

Tacite assonanze

"Signorina, venga, l'accompagnammo in centrale."

Feci partire ancora le sirene.

"Cosa succede? Sali in macchina, controlla!"

Perché mi hai ucciso? Non mi hai neanche violentata, perché solo uccisa. Per il sangue? Per l'adrenalina? Perché ti sentivi il maschio alfa?

Non ero ancora abbastanza forte, ma avrei voluto scaraventargli addosso la macchina, proprio sulla sua testa e vederlo schiacciato miseramente sotto il suo peso di lamiere.

La ragazza si stava avvicinando, l'avrebbero presa e riportata in casa.

"Su, da brava, le faremo firmare la deposizione, abbiamo necessità di accompagnarla in Centrale, salga in macchina..."

Forse fu l'insistenza del Sergente, o il fatto che tenesse una mano appoggiata al manganello infilato nella cintura e una avanti per prenderle il braccio appena fosse entrata nel suo raggio d'azione, che allertarono la boxer.

La vide arretrare. Ritornare sui gradini e risalire verso il portico. Stava valutando come muoversi, quali erano le sue chances.

La moto era nel garage.

Il garage distava 100 metri sulla destra, di fianco al portico.

Dietro aveva due individui immobilizzati ma che si sarebbero ripresi entro pochi minuti, forse una decina.

Davanti aveva i due poliziotti. Peso 80 kg il primo e 95 kg circa il secondo. Il secondo era aggressivo e ben piantato. L'altro titubava, era evidentemente assoggettato al primo.

Tacite assonanze

Non aveva i suoi stivali da moto, era a piedi nudi, impossibile guidare così. Erano nello studio al piano terra.

Il casco era sulla moto. Idem le chiavi per accenderla nel riquadro.

Aveva benzina per 100 km almeno, arrivava al prossimo paese.

Decise per la fuga in moto. Avrebbe avvolto le punte dei piedi per il cambio con degli stracci per stretti. O con il reggiseno e le mutandine, se non li avesse trovati in garage. Il garage aveva una porta di quelle vecchie non elettriche, lo ricordava perfettamente, lui aveva scostato le due ante di legno.

Primo passo, stendere l'aggressivo, il più velocemente possibile.

L'altro sarebbe rimasto stordito.

Era in gamba, percepiva l'adrenalina che le scorreva nelle vene velocemente, si posizionò sul lato destro del mio assassino, quello del manganello. Tirò su i pugni a proteggersi la cassa toracica, collo e viso.

Era piccola, arrivava a malapena al busto dell'altro.

Fece partire il suo braccio destro, afferrò quello di lui e lo contorse, usando tutto il suo peso per girarglielo e spezzarlo.

Lui era sbigottito. Si sentì nitidamente uno schiocco di ossa, cominciò ad urlare: "PUTTANAAA"

Provò a prenderle i capelli con la sinistra, quella ancora sana, l'altra penzolava come un pisello moscio dal suo braccio. Lei schivò e fece partire un calcio a gamba dritta, roteando su sé stessa per acquisire potenza. Il calcio lo prese al collo. Barcollò.

Aveva un vantaggio.

Tacite assonanze

L'altro si stava muovendo, feci avanzare la macchina fino a colpirlo alle gambe, lievemente ma la sorpresa, lo fece cadere in ginocchio. Corri piccola, corri. Hai il vantaggio, tienilo. Gli altri due potevano arrivare a momenti.

La ragazza corse verso il garage. Era chiuso.

Maledizione. Chiavistello.

Qualcosa per romperlo.

Qualcosa per romperlo? Subito!

Mossi la vanga del giardiniere, la mossi letteralmente, volò sopra le teste dei presenti, come nei fumetti di poca fantasia e si fermò di fianco a lei.

Volse la testa a destra e a sinistra. Non c'è nessuno cara, sono qua, evanescente e impalpabile, uno spirito, una morta senza braccia e senza gambe, coperta del mio vomito, con uno squarcio nel petto che sembra l'autostrada di New York.

Apri il chiavistello, ora, da brava. A dopo penserai a quello che non hai capito dei fatti.

Infilò la vanga perpendicolare al chiavistello e tirò verso sé stessa, scardinò la serratura, e spalancò il portone.

"PUTTANA MI HAI ROTTO IL BRACCIOOO"

Stavano arrivando, ecco la moto.

Le chiavi. Perfetto.

Non c'erano stracci. Cosa faceva? Si spogliava?

Avvolse il reggiseno alla punta del piede sinistro e le mutandine al piede destro. Montò il moto, accese il quadro. Ingranò la prima. Tuonò nelle mura chiuse del garage. Bella questa moto, peccato non avere imparato in vita.

Retro. Casco in testa, non calato, visiera sollevata. Perché non lo allacciava?

Ora aveva di fronte il boss, caracollava verso di lei, tenendosi il braccio pendulo.

Portò su di giri la moto, la ruota strideva sulla ghiaia, il freno tirato. Il muso puntava sull'aggressore.

Voleva caricarlo, come un toro nell'arena.

Lasciò il freno, la moto impennò e puntò velocissima dritta verso di lui.

Prese il casco con la mano destra, allargò il braccio e lo caricò con tutta la potenza della velocità della sua moto sul torace dell'aggressore.

Lui volò a terra. Lei frenò, derapò con il posteriore, slittando di 180 gradi, tornando di nuovo con il muso sull'aggressore a terra, senza fiato.

Lasciò il freno e letteralmente gli montò sopra con tutti i 200 kg della sua Ducati rossa.

Poi frenò nuovamente, ritornò in prima, curvò la moto più lentamente e si diresse verso l'uscita. Indossò per bene il casco, calò la visiera e lo allacciò.

Grazie, intenso.

Sul patio erano scesi Henry ed il meccanico.

Aiutarono il terzo a rialzarsi.

Aveva vinto, poteva andare. Cosa la tratteneva?

Tacite assonanze

Avevano la macchina.

Era nuda con scarpe provvisorie, non poteva reggere un inseguimento.

Ritornò nel garage, c'erano altre macchine.

Alzò la visiera.

Benzina, acidi, olio per motori, qualche chiave in pollici, un avvitatore, qualche cavalletto da moto.

Accese la Bentley. Stavano arrivando, li sentiva. E la Porsche.

Aprì il cofano della Porsche. Motori vecchi, poca sicurezza.

Ci buttò sopra tutta la benzina. Sgocciolava fino ai collettori.

Fantastico.

Ritornò sulla moto.

Ora poteva tornare verso il terzetto.

Li trovò uno di fianco all'altro che procedevano compatti con i manganelli in mano.

Erano a metà strada tra la macchina della polizia che sostava all'entrata e il garage che presto avrebbe detonato.

Volevano disarcionarla dalla moto, non aveva abbastanza spazio del prendere accelerazione.

Aveva bisogno di me.

Lei girò palesemente il gas della moto ed abbassò la visiera.

Voleva essere la palla da biliardo.

Aveva paura per lei.

Partì, era il gioco dei duri, chi cedeva veniva disarcionato.

Puntò diritta su Henry, al centro.

Lui si scansò all'ultimo, l'artiglio al petto e la tirò giù dalla moto.

Tacite assonanze

La ducati vagò per due minuti poi si piantò sulla macchina.

Helena era a terra, il casco le aveva protetto la testa, ma il corpo era escoriato nella schiena e nelle natiche.

Sanguinava.

Si alzò con un piccolo balzo.

Henry voleva acchiapparla, le aprii il portone di casa, doveva ripararsi, trovare delle armi, delle scarpe. E combattere.

Lei capì, corse verso il portone e se lo chiuse dietro. Era troppo agile, Henry la mancò di un secondo e si ritrovò la porta sbattuta contro. La tenni chiusa insieme a lei.

Li sentivo.

"APRIII TROIA!!!"

Era ora di mostrarle il loro teatrino, avrebbe capito ed immaginato un rimedio adeguato.

Sanguinava.

Si tolse il casco.

Nello studio trovò gli stivali, li indossò subito. La tuta era inutile, avrebbe impacciato ogni movimento.

Le aprii un'altra porta, laterale nel corridoio.

"Chi c'è qui?"

Stava capendo? Non avevamo tempo bella e audace Helena.

Vai avanti, dopo farai le domande.

Illuminai per lei la luce delle scale.

Era palese, doveva scendere.

Non ti preoccupare chiudo io per te ogni finestra e ogni porta.

Tacite assonanze

Non entreranno per ora.

Helena, scese i gradini, uno alla volta, era titubante.

Un'altra porta, spalancata per lei, un altro corridoio illuminato.

Da brava, segui le briciole di pane, ti condurranno alla orribile verità.

Vide la sala operatoria, era linda. La sig. ra Boff era una fantastica governante.

Mi dispiaceva turbarla, era davvero una brava ragazza.

Aprii l'ultima porta.

Lo spettacolo era raccapricciante.

I lettini da ospedale, disposti metodicamente in cerchio.

Trentaquattro donne, tre in stato avanzato di gravidanza.

Senza braccia, senza gambe, con moncherini cicatrizzati, legate alla vita e alla gola alle loro bare.

Truccate e pettinate, alcune rasate negli organi genitali, completamente nude. Due di loro avevano piercing d'argento che impreziosivano i capezzoli.

Molte soluzioni di antidolorifico e fisiologica appese ai lettini.

Sedativi per il dolore e per l'agonia.

Erano vive, sveglie. Incazzate.

"Chi sei? Come hai fatto ad arrivare?"

"Sei della polizia?"

"Sei nuda! Ti voleva tagliare…sei scappata! Lui dov'è?"

"Lo hai ucciso?"

"Chiama la polizia!"

"No! Uccidimi! Non posso sopportare un altro minuto di questa vita."

Tacite assonanze

"Uccidi anche me."

Parlò Clara, bella Clara, le erano cresciuti un pochino i capelli biondi, ora tagliati corti.

"Credo di essere incinta, non ho il ciclo da due mesi, credo siano due mesi, il tempo mi sembra relativo. Ti prego uccidimi. Non posso tornate dai miei genitori, dai miei amici."

Singhiozzava.

Helena si asciugava le lacrime, non avevo notato piangesse. Piangeva come gli uomini, silenziosamente, con lunghe lacrime che gocciolavano dai suoi occhi, sul petto e per terra.

Sussurrava, "Non posso. Vi prego, chiamerò un dottore. Vi metteranno le protesi. Io sono certa che c'è un modo per rimediare."

"Mi ha violentata ogni giorno! Entra con il cazzo duro e me lo infila in gola! Non si può rimediare questo!"

"Anche a me, spostano i lettini al centro, credo siano diversi, anche se portano la calza, una volta uno è grasso, l'altro è più basso. Poi c'è il medico. Lui ha la barba, si nota sotto la calza."

"Io li riconosco dal cazzo. Sono tutti diversi."

"lo fanno anche con il dildo, nel culo, ci mettono al centro. Per le altre. Poi ci girano come vogliono, tanto siamo moncherini. FAMMI MORIRE!"

"No io, non posso farlo io. Adesso devo andare, loro sono fuori. Devo arrivare alla polizia vera e portare un medico qui."

Helena, non potevi capire. Non c'era modo di rimediare.

Questo era un presente ineluttabile.

Tacite assonanze

Si asciugò le lacrime con il braccio.

Sbattei due volte la porta.

Lei capì al volo, si girò e corse dalle scale, sentivamo in lontananza le loro urla.

La condussi alla cucina.

Accesi i fuochi dei fornelli.

"Chi c'è qua con me?" Aveva una vocina piccola ora, era spaventata davvero. Non volevo toglierle forza, ma aiutarla.

La signora Boff comparì sulla soglia.

"Cosa sta succedendo? Chi bussa così alla porta?"

Vecchia grassona, sapevi tutto e tolleravi. Cucinavi il tuo stupido brodo di carne e pensavi che con la pancia gonfia, saremmo state stuprate più felicemente.

In quel momento un boato fragoroso spostò l'aria.

"Cosa succede?? O Gesù Santo!! È una esplosione!"

Helena le diede un pugno compatto alla pancia e uno ben assestato alla mascella. Udimmo distintamente un crick. Probabilmente ora era rotta.

La vecchia cadde sul marmo freddo della cucina.

Alzai la fiamma dei fuochi.

"Chi sei?" Helena guardò il soffitto.

Sciocchina, sono dietro di te.

Ma non abbiamo tempo per la conversazione e poi sono sempre stata una donna di fatti.

Soffiai sulla fiamma dei fuochi.

L'odore del gas era fortissimo ora.

Tacite assonanze

Helena tossì.

Aprii la vetrata del giardino. Che bei salici, come si muovevano bene al vento caldo del fuoco che divampava in giardino. Presto avrebbe raggiunto la casa.

Henry e i suoi compagni di scorribande si erano diretti al garage, stavano cercando di spegnere le fiamme con due idranti.

Potevamo scommettere, sarebbero arrivati prima i pompieri o il fuoco alla dimora? E quanto tempo sarebbe occorso perché esplodesse?

Helena fece il giro lungo, ritornò all'entrata, raccolse la moto.

Era rigata nelle belle carene rosse, ma ancora funzionante.

Non aveva più il casco, ma ora indossava gli stivali.

"Me ne vado, grazie. Mi senti? Grazie."

Dicdc il gas e sparì in pochi minuti.

La guardai, mi era piaciuta Helena.

## CAPITOLO DODICESIMO

Helena si fermò al Bistrot, dalla fermata dell'autobus.

Era nuda, sconvolta.

Doveva fare almeno una telefonata e farsi prestare dei vestiti.

Entrò, la porta suonò, avvertendo la persona al banco.

Una donna alta, di media età, rubizza, con poche ciocche di capelli unte appiccicate disordinatamente sulla sommità del capo, le venne incontro.

"Cosa succede alla casa del conte? Tu vieni da lì! Sei nuda! Sei scappata. Abbiamo sentito un botto terribile!"

Ecco le sirene infatti. La casa era detonata.

"Devo fare una telefonata. E mi servono dei vestiti."

"TI HO CHIESTO COSA È SUCCESSO AL CONTE HENRY?"

Helena si mise in guardia. Era troppo aggressiva, perché quella reazione?

"Non lo so. Sono caduta in moto."

Retrocesse piano verso la porta.

"TU LO SAI! SEI NUDA!! TI SEI RIBELLATA! SEI SCAPPATA"

"Scappata da cosa?"

"Tu vuoi ribellarti, vuoi fare la donna emancipata, con la moto, le tette al vento…noi qui con quelle come te, ci divertiamo tanto, sai!?"

"Sì, fate proprio dei bei giochetti."

Tacite assonanze

La donna era diventata rossa, una vena le pulsava senza sosta all'altezza della tempia.

Si fermò a metà della sala. Aveva le gambe divaricate e respirava affannosamente, cercando di inalare da naso e bocca tutta l'aria della stanza.

Gli occhi sembrava le uscissero dal cavo orbitale tanto erano spalancati.

Helena aveva guadagnato la porta d'entrata, spinse con una mano leggermente per uscire. Il trillo.

Una pancia gonfia e molle la fermò.

"Dove vai bella fichetta?"

Un uomo qualunque, con la camicia a quadri bianca e rossa, le maniche arrotolate ed i jcans sbiaditi. Puzzava di sterco. Aveva orribili baffoni da Harleysta.

"Mi piacciono le mie cene…non andare via proprio adesso."

Aveva in mano una mannaia affilata, di quelle per tagliare a tranci la carne.

Lo infilò per intero nell'addome di Helena, in orizzontale come una bella cintura di classe.

Helena era sbigottita. Davvero era successo?

Dopo tutti quegli sforzi, si era fatta infilzare da un pancione putrido che assomigliava a un Hells Angels?

"Non vorrai che faccia la dieta proprio ora che la carne ha questo buon sapore?"

L'avevano presa.

Tacite assonanze

Moriva. Sentiva i battiti accelerare ed il sangue defluire. Doveva calmarsi, altrimenti avrebbe aiutato la fuoriuscita di sangue. Forse l'avevano presa al fegato.

Aveva letto che era una morte molto dolorosa. Non sentiva nulla, ora.

Un'idea. Un'idea che le facesse guadagnare la salvezza.

Barcollò verso il centro del pub. La vista le si annebbiava.

La donna arretrò. Non voleva sporcarsi?

Il sangue usciva a fiotti, colava sulle gambe, gocciolava a terra.

"Aiuto." Era flebile. Con un punto inamovibile. La vita stava scorrendo via tra le gambe. E moriva nuda con gli stivali, con una mannaia infilata nella pancia che la tagliava in due.

La donna ghignava.

Helena cadde in ginocchio.

Cercò con le mani di tamponare la ferita.

Oddio quanto sangue. Era rosso scuro, denso. Venoso.

Era spacciata.

"Questa la cuciniamo noi, è muscolosa, la carne andrà marinata per bene, altrimenti rimane filacciosa."

Le mangiavano. Mangiavano le braccia e le gambe e di alcune, tutto il corpo.

L'avrebbero mangiata.

Il disgusto era fortissimo, la nausea era fortissima, le procurò un rigurgito di adrenalina.

NOOOOOOOOOOOO

Caricò come un toro a testa bassa la donna.

NON VOGLIO MORIREEE

Lo urlava? Eppure nella sua testa era un urlo potentissimo.

La stronza, cadde a terra.

L'Hells Angels si avvicinò, con le mani avanti, come un morto vivente, bofonchiò qualcosa come *ti acchiappo io*. Ma ormai non lo sentiva. I tonfi del cuore tuonavano nella sua testa. Aveva poco tempo, prima di svenire e morire dissanguata. Non sarebbe morta da sola.

Non sarebbe mai diventata ciccia nella pancia schifosa di quell'uomo puzzolente.

Entrò nella cucina.  Lui la inseguiva, ma era goffo.

Della vecchia aveva perso le tracce.

Sul retro vide una porta.

La spinse con la spalla. Si teneva la mannaia e la pancia. Prese uno strofinaccio e lo avvolse a compattare quella nuova scultura nel suo addome. Doveva impedire al sangue di defluire rapidamente.

Fuori più macchine parcheggiate. Una Chevrolet rossa aveva il finestrino abbassato, era aperta. Entrò. Tirò su il finestrino e chiuse con la sicura la macchina. Lo stronzo batté con la panciona sulla portiera chiusa. Inveiva e picchiava con le mani tozze sul cofano.

Non c'erano le chiavi.

Calma Helena, calma. Cazzo! Ma che calma? Sto morendo dissanguata!

Prese i cavi sotto il volante li tagliò e li avvicinò. La macchina si avviò.

Era un cambio automatico.

Nessuno voleva più guidare con le marce.

Tacite assonanze

Mise la retro, l'omone indietreggiò, non se l'aspettava.

Indietreggiò ancora, poi accelerò e lo colpì in piena vita.

Lui rimbalzò sul cofano.

Helena mise la retro.

Lui si sfornò come una pagnotta tolta dal forno, sull'asfalto.

Lei spinse l'acceleratore in drive e gli passò sopra una volta.

Poi mise la retro, e lo ripassò.

Vide sull'asfalto la testa schiacciata.

Doveva decidere, moriva lì in quella macchina?

Tentare di arrivare in un ospedale a Londra?

Aveva autonomia per 250 km. Poteva farcela.

E la ferita, avrebbe resistito per un'ora circa.

No. Sicuramente no.

Ma la speranza, quel sottile gancio con la sopravvivenza, la spingeva
verso Londra.

Girò la macchina.

E ripartì velocemente.

Tacite assonanze

## EPILOGO

La polizia trovò la Chevrolet rossa a qualche km da Londra, la conducente, riconosciuta come Helena Dickinson, era morta per evidente aggressione da arma contundente.

L'autopsia non rivelava stati di alterazione.

Nessuna connessione con il proprietario della vettura, prelevata nella cittadina di Buchenwald a pochi km di distanza, James Fricktorn, contabile.

Fricktorn afferma: "Avevo parcheggiato l'auto per fare uno spuntino al Bistrot di Angus."

Tacite assonanze

## INDICE

Tacite assonanze

Tacite assonanze

Tacite assonanze

www.ingramcontent.com/pod-product-compliance
Lightning Source LLC
Chambersburg PA
CBHW052048150726
48002CB00002B/805